ISBN 2-7028-2675-X

CHRISTOPHER CARTER

LES ENQUÊTES
DE LORD PERCIVAL

UN ASSASSIN MODÈLE

roman

LE GRAND LIVRE DU MOIS

UN ASSASSIN MODÈLE

Ainsi qu'en un miroir le soleil s'irradie,
Rayonnait en ces yeux la Bête aux deux natures,
Tantôt sous une forme et tantôt sous une autre.

DANTE, *La Divine Comédie*
(Le Purgatoire, chant trente et unième).

1.

Patricia Langford pouvait être fière d'elle. À quarante-deux ans, elle avait un corps de femme épanouie, un visage triomphant et une poitrine somptueuse. En si peu de temps, que de chemin parcouru… Qui aurait pu imaginer que la fille d'un boutiquier d'origine italienne, venu s'installer à Londres, parviendrait à s'imposer dans la jungle politique au point de devenir l'une des collaboratrices les plus appréciées du Chancelier de l'Échiquier ?

Patricia Langford avait toujours eu la tête économique. Dès son adolescence, elle s'était passionnée pour les journaux financiers, abandonnant les bandes dessinées aux rêveurs qui s'enfermaient dans des songes sans fin. Le monde ne répondait qu'à une seule loi : celle de l'argent. Qui refusait de le comprendre était condamné à la médiocrité. Aussi la jeune Patricia, malgré quelques dérives qu'elle avait soigneusement occultées, ne s'était-elle guère éloignée de sa ligne directrice : devenir l'une des personnalités britanniques les plus influentes. Certes pas les plus en vue, comme une vulgaire actrice de cinéma ou un guignol de la télévision, mais une décideuse, suffisamment au fait des mécanismes économiques pour pouvoir influer sur l'avenir de son pays.

Et quel délice que d'appartenir à l'establishment, d'être invitée dans les cercles les plus fermés, d'être enviée par des grosses têtes d'Oxford qui ne lui arrivaient pas à la cheville ! Patricia Langford ne possédait aucun diplôme ronflant, mais elle jouissait d'un instinct de bête fauve. Avant les meilleurs experts, elle décelait les pistes qui conduisaient à des profits considérables. Dans la brousse du capitalisme, elle était devenue un prédateur redoutable.

La jolie brune ôta son soutien-gorge pour admirer ses seins. Peu d'hommes les avaient caressés, mais elle ne regrettait rien. Qu'importait l'amour, face à une brillante carrière ? Jamais elle ne se marierait, sauf avec un vieux Lord milliardaire qui ne lui ferait pas d'enfant. Si l'avenir lui souriait, le Premier ministre reconnaîtrait ses talents et lui confierait les rênes de l'économie britannique.

Tel était l'objectif majeur qui la hantait. Pour l'atteindre, il lui fallait se méfier autant de ses amis que de ses ennemis, et prévoir les coups bas qu'ils ne manqueraient pas de lui porter. Malgré son apparence fragile, Patricia Langford était aussi solide qu'un Horse-Guard, et personne ne réussirait à la déstabiliser.

Elle choisit un soutien-gorge en dentelle rouge qui voilait à peine ses seins magnifiques. Qui se doutait que ses tailleurs stricts dissimulaient de telles fantaisies ? C'était son petit secret dont elle s'amusait elle-même lorsque les regards des mâles se posaient sur elle avec avidité lors des réunions les plus sérieuses.

Oui, elle se plaisait ainsi… Elle se plaisait même de plus en plus, ivre de ses succès et de ses coups d'éclat dont les résultats avaient dépassé ses espérances. Le talent allié à la chance offrait des perspectives insoupçonnées.

La jolie brune fronça les sourcils… Le bruit d'une

porte venait de l'arracher à sa rêverie. Ce n'était pas l'heure de sa femme de ménage, la seule personne à posséder une clé de son luxueux appartement.

— C'est vous ?

Le silence se fit pesant.

Patricia Langford passa un peignoir orange et sortit de sa salle de bains.

— Qui est là ?

Les pieds nus de Patricia Langford s'enfoncèrent dans l'épaisse moquette de laine verte. Elle explora la vaste chambre à coucher et le salon, puis haussa les épaules. « Je suis vraiment trop nerveuse, pensa-t-elle, je devrais prendre un tranquillisant. Non, il y a mieux à faire… Une bonne douche. »

Elle retourna dans la salle de bains en marbre veiné de rose, s'empara d'un savon parfumé au santal et, furieuse, le jeta dans la baignoire. Irritée contre elle-même, contre cette peur idiote, contre son manque de self-control, Patricia Langford s'acharna sur des Kleenex qu'elle déchira en mille morceaux.

Surmenée… Oui, elle était surmenée. Avant de continuer à progresser vers le pouvoir, elle devait s'accorder du repos et du recul. Une semaine aux Bahamas lui suffirait pour reprendre ses esprits avant de se lancer dans la dernière ligne droite.

Elle ôta son peignoir et s'apprêtait à dégrafer son soutien-gorge quand un nouveau bruit insolite l'alerta.

Un bruit provenant de sa chambre. Quelqu'un venait de heurter un meuble.

Non, ce n'était pas possible… Ses nerfs continuaient à la trahir !

Pourtant, elle avait une ouïe très fine et était certaine de ne pas se tromper.

Quelqu'un dans son appartement… Un cambrioleur, ce ne pouvait être qu'un cambrioleur !

Affolée, Patricia Langford se précipita sur la porte de la salle de bains pour tirer un petit verrou et se mettre ainsi à l'abri.

Elle n'en eut pas le temps.

La porte s'ouvrit à la volée, une forme noire s'engouffra dans la salle de bains et, d'un violent coup de genou, la frappa au bas-ventre.

Pliée en deux, Patricia Langford hurla de douleur.

La forme noire passa derrière elle et lui saisit le cou. Ce que vit la jolie brune dans un miroir l'épouvanta.

— Vous… Vous n'allez pas…

Dans un réflexe dérisoire, Patricia Langford ferma les yeux pour ne pas voir venir une mort atroce.

2.

En courant dans la lande désertique derrière Abercrombie, un solide bâtard de berger écossais, de labrador et de quelques autres espèces tout aussi robustes, Lord Percival Kilvanock se disait que, malgré quelques embrouillaminis inhérents à l'espèce humaine, la vie valait quand même la peine d'être vécue.

Ce moment d'optimisme était dû, en grande partie, à la nuit romantique qu'il venait de passer, dans le plus grand secret, avec Lady Ophelia. Elle était plus belle que jamais, ils s'aimaient mais ne pouvaient pas se marier.

Car, douze siècles auparavant, un Kilvanock avait juré de détruire le clan auquel appartenait Lady Ophelia. Et, dans un monde vraiment civilisé comme l'Écosse, une parole donnée ne se reprenait pas. Aussi les amants étaient-ils contraints de se voir en cachette, tout en affichant une froideur marquée dans leurs relations officielles.

La loi des clans, en effet, n'interdisait pas à Lord Percival de financer la clinique de secours pour animaux blessés en voie de disparition fondée par Lady Ophelia dont les meilleurs adjoints étaient Charles, un pélican des Antilles, et Margaret, une éléphante d'Asie. La blonde jeune femme réalisait des miracles et, de plus, peignait ses protégés avec un talent remarquable.

Le philosophe Maxime Du Camp, injustement méconnu, avait eu raison d'écrire : « Ce qu'il y a de meilleur en l'homme, c'est le chien. » Quand Lord Percival voyait Abercrombie franchir les ruisseaux d'un bond et s'élancer à la poursuite d'une proie qu'il ne capturait jamais, préférant de loin le plat cuisiné qui l'attendait au château, il admirait cette formidable vitalité et ce bonheur d'exister. Lui-même prenait toujours le même plaisir à parcourir ses terres peuplées de landes, de bosquets, de forêts de frênes où séjournaient des aigles, des faisans, des écureuils roux et autres moutons.

Lonecastle était en vue.

Bâti sur le promontoire de la petite île de Spring Island, au cœur d'une Écosse quasiment inaccessible, le château ancestral des Kilvanock était entouré d'un loch aux eaux chaudes, résurgence du Gulf Stream. Pour un athlète comme Lord Percival, il était possible de s'y baigner tous les jours en compagnie des *kelpies*, les génies des eaux, heureusement moins bavards que les elfes.

Le granit et les hautes tours crénelées donnaient à l'édifice un aspect sévère et puissant qui ne laissait pas présager de la douceur des jardins aménagés à l'intérieur de l'enceinte et de la tendresse des pelouses, ornées de vasques dédiées aux ancêtres. Sur le plan d'eau créé à leur intention, se reposaient des oiseaux migrateurs.

Quand le chien noir huma l'air puis frotta de sa truffe la main de son maître, Lord Percival sut que la suite de la journée s'annonçait moins favorable. Le flair d'Abercrombie — qui ne répondait qu'à son nom complet, correctement prononcé, et non à des diminutifs ridicules du type « Abie » — ne le trompait jamais.

Dès que le châtelain pénétra dans le hall d'entrée monumental, haut de quinze mètres sous plafond et agrémenté de balustrades à l'italienne, Nestor Pwryctswll, le majordome gallois de soixante-dix ans, s'inclina légèrement devant lui.

De petite taille, très sec, à cheval sur l'étiquette, Nestor assurait l'intendance de Lonecastle avec une seule règle : l'impeccabilité. D'un coup d'œil exigeant, il s'était assuré que l'élégance de Lord Percival ne souffrait d'aucun accroc.

Grand, mince, l'œil malicieux et perçant d'un bleu outremer, un large front orné de rides charmeuses témoignant d'épreuves surmontées, la voix grave et posée, Sir Percival Kilvanock était aussi à l'aise en smoking que dans les vêtements campagnards qu'il portait pour errer dans la lande. Dernier chevalier de la Table Ronde reconnu comme tel grâce à un manuscrit médiéval, doté de nombreux quartiers de noblesse, membre d'une quantité incalculable de sociétés savantes, le propriétaire de Lonecastle était considéré comme le meilleur expert en criminologie du vieux continent. Dans son immense bibliothèque figuraient traités, rapports, récits, analyses et documents relatifs à toutes les sortes de crimes qu'avait inventés l'espèce humaine.

— Mauvaise nouvelle, Lord Percival. Le fantôme vient de se manifester, déclara le majordome avec gravité.

— Ah… Et de quelle manière ?

— Il a bu une bouteille de porto — vintage 1942 — dans votre réserve personnelle et une autre de whisky à l'office.

— Fâcheux, en effet.

Le porto provenait d'un domaine du Haut Douro que Lord Percival possédait au Portugal et le whisky de ses terres d'Écosse. Quant au fantôme, il s'agissait d'un chevalier policier du Moyen Âge lâchement assassiné par un manant français qu'il était sur le point d'arrêter. Ce meurtre était sans doute la lointaine origine de la vocation du châtelain qui avait fait de la quête de la vérité l'axe de son existence.

— Le repas d'Abercrombie est prêt, Lord Percival. Champignons à la crème, noix de veau braisée, petits légumes du potager et gâteau aux trois chocolats.

— Parfait, Nestor.

Quand il vit apparaître Dorothea Pettigrew, la secrétaire particulière de Lord Percival, le majordome gallois se dirigea vers l'office, suivi par Abercrombie qui se léchait déjà les babines.

Jeune, jolie, un chignon tenu par des épingles en argent, un corsage rouge et une jupe noire très élégante, Miss Dorothea Pettigrew était une financière de haut vol qui gérait la fortune de Lord Percival avec une remarquable efficacité. Perpétuellement inquiète, insatisfaite de ses performances, elle déplorait le peu d'intérêt que son patron accordait aux fluctuations boursières.

— Pouvez-vous me consacrer une minute, Lord Percival ?

— Je suis persuadé que vous avez fait un excellent travail, Dorothea.

— J'ai contourné une minicrise en Asie et un risque de krach au Mexique, sans parler du résultat truqué d'une grande société française qui a tenté de tromper ses actionnaires... Enfin, tout va bien !

— Félicitations, Dorothea.

— Je crois nécessaire d'entreprendre de grandes

manœuvres aux États-Unis pour diversifier une partie de votre portefeuille et…

— Je vous fais entièrement confiance.

— Je dois aussi vous parler d'un appel téléphonique.

— Un véritable ennui ?

— Le chef superintendant Angus Dodson souhaiterait vous parler de toute urgence. Il a vraiment beaucoup insisté.

Le fantôme de Lonecastle ne s'était pas manifesté pour rien.

— Ayez l'obligeance de faire préparer mon hélicoptère, Dorothea.

3.

Ex-champion du lancer du marteau, colosse à l'appétit digne de confiance, fils d'une épicière et d'un mineur de Newcastle, Angus Dodson avait franchi tous les échelons de la hiérarchie de Scotland Yard jusqu'au poste de chef superintendant. Amateur de gâteaux à la crème et de bière forte, il avait fait de son bureau un îlot confortable pourvu de fauteuils Regency et d'un canapé usé à point.

Dodson avait une morale simple, inculquée par ses parents : un criminel est un criminel, et on ne lui serre pas la main. Le Yard lui avait confié la mission d'arrêter les assassins, et il la remplissait au mieux, avec l'aide de l'informatique et de la police scientifique. Bien qu'il se déplaçât en bicyclette, le superintendant ne négligeait aucune des techniques mises au service des enquêteurs.

Un planton frappa à sa porte.

— Votre visiteur, chef.

— Faites entrer.

L'élégance innée de Lord Percival Kilvanock surprenait toujours Angus Dodson. Certes, son costume de flanelle était l'œuvre d'un tailleur de génie, sa chemise sur mesure n'était affligée d'aucun faux pli et son nœud papillon d'un vert profond ressemblait à une authentique œuvre d'art ; mais l'allure du châtelain aurait transformé n'importe quelle harde en vêtement de luxe.

— Quel magnifique mois de juin, mon cher Dodson ! Si le soleil continue à briller avec autant d'intensité, nous frôlerons la sécheresse.

— Que saint Andrew nous garde de cette calamité, Lord Percival ! Avez-vous fait bon voyage ?

— Avec un ciel pareil, aucun problème. Et l'aire d'atterrissage du Yard est tout à fait spacieuse.

L'Écossais pilotait lui-même son hélicoptère. Quel plaisir de survoler ses terres ou de traverser l'espace pour se rendre à destination, avec un incomparable sentiment de liberté !

Le chef superintendant se voûta, comme si le poids à porter devenait trop lourd.

— Nous en avons un beau de problème !

Sur la longue table de ferme servant de bureau, une pile de dossiers ; et d'autres dossiers remplissaient les étagères d'un vieux meuble en citronnier, installé tout près d'un tronc de chêne vitrifié sur lequel étaient disposés ordinateurs, fax et téléphones.

— Du surmenage, mon cher Dodson ?

— Si ce n'était que ça ! Non, Lord Percival, c'est bien pire... Un crime. Un abominable crime.

— Dans votre position, il faut malheureusement s'y attendre.

— C'est vrai, mais je ne m'y ferai jamais.

Sortant d'un tiroir où il aimait dormir bien au chaud, Sherlock, un persan à la robe délicatement bleutée, sauta sur les genoux du châtelain, s'y pelotonna et ronronna avec la régularité d'une bonne vieille locomotive entretenue avec soin.

— Excusez-le... Sherlock est insupportable.

— Personne ne saurait s'opposer aux exigences

légitimes d'un chat, superintendant. De quelle manière pourrais-je vous aider ?

— D'abord, merci d'être venu si rapidement ; ensuite, si je fais appel à vous, c'est en raison des vagues que ne manquera pas de soulever l'enquête que l'on m'a confiée.

Lord Percival avait déjà collaboré avec Dodson pour identifier des assassins, et il n'avait pas eu à s'en plaindre. Pour le châtelain, passer de la théorie à la pratique en allant sur le terrain était une véritable distraction, à condition qu'elle ne l'éloignât pas trop longtemps de Lonecastle et des êtres chers.

— Pour me faire une idée, mon cher Dodson, il me faudrait en savoir plus.

Afin de se donner du courage, le chef superintendant jeta un œil à l'unique tableau qui ornait son bureau. Il était signé de Sir Alan Gottesfater et représentait une grande femme brune vêtue d'une tunique blanche et regardant le lever du soleil sur l'empire britannique. La légende était prometteuse : *Peace, Love and Freedom*[1].

— Le nom de Patricia Langford vous dit-il quelque chose ?

Lord Percival réfléchit quelques instants.

— Une jolie brune à laquelle les spécialistes promettent une belle carrière politique ?

— Exactement. En peu de temps, elle avait su s'imposer dans la jungle des politiciens et y occuper une place à part. De quelque bord qu'ils soient, ces messieurs avaient appris à la respecter. Mais quelqu'un l'a assassinée.

— Aurait-elle été une courtisane de haut vol qui possédait des dossiers compromettants sur des notabilités ?

1. Paix, amour et liberté.

— C'est bien ce que je crains, Lord Percival.

— Mais vous n'en êtes pas encore sûr.

— Sur ce point, mes premières investigations se sont révélées plutôt décevantes. D'après mes indicateurs, cette demoiselle de quarante-deux ans ne menait pas une existence dissolue. Elle passait plutôt pour une vipère au sang très froid, dotée d'une ambition à toute épreuve. De plus, elle était particulièrement douée pour l'analyse des finances publiques, et les remèdes qu'elle proposait avaient convaincu plusieurs têtes ministérielles. C'est pourquoi elle était devenue une conseillère très écoutée et beaucoup plus influente que certains membres du cabinet du Chancelier de l'Échiquier.

— Si ma mémoire est bonne, un journaliste spécialisé a même évoqué une possible nomination à la tête de l'économie britannique...

— Exact, Lord Percival. Patricia Langford s'était fixé cet objectif et possédait les moyens de l'atteindre.

Le chef superintendant alluma une pipe.

— Depuis le début de cette enquête, avoua-t-il, j'ai recommencé à fumer.

— Vous redoutez donc un crime politique ?

Angus Dodson faillit en casser sa pipe.

C'était précisément l'hypothèse qu'il n'osait pas formuler.

— Avez-vous des indices précis allant en ce sens ?

— Pas encore.

— Si vous en obtenez, il faudra bien plonger dans le marais politique et tenter d'échapper aux mâchoires de crocodiles plus redoutables les uns que les autres.

— C'est bien ce que je redoute, Lord Percival. Ma carrière n'y résistera probablement pas, et le danger sera permanent. L'assassin fera tout pour qu'on ne remonte pas jusqu'à lui, et personne ne pourra garantir la sécurité de ceux qui mèneront cette enquête.

Le châtelain caressa Sherlock, ravi de cette marque d'affection.

— Qui ne risque rien n'a rien, mon cher Dodson.

— Dois-je comprendre…

— J'aime les gens courageux et plus encore la vérité. La fin tragique de cette femme doit être élucidée, quelle qu'en soit la cause, et son assassin arrêté. Déployez de grandes manœuvres officielles qui formeront un rideau de fumée pendant que nous enquêterons en profondeur. Commençons par le lieu du crime, voulez-vous ?

4.

En sortant de l'immeuble moderne qui abritait la logistique de New Scotland Yard, Lord Percival pensa qu'il occupait une superbe position stratégique, à proximité de Buckingham Palace, du 10, Downing Street et de Westminster Abbey. Mais serait-elle suffisante pour débusquer un assassin qui userait de toutes les armes de la politique pour se dissimuler ?

— J'attends une voiture de service, dit le chef superintendant.

— Surtout pas, mon cher Dodson. Nous allons nous déplacer d'une manière beaucoup plus discrète.

En son for intérieur, le chef superintendant ne jugeait pas très discrète l'utilisation d'une des Rolls-Royce de Lord Percival, conduite par un chauffeur. Il s'apprêtait à lui en faire la remarque lorsqu'un taxi londonien des plus traditionnels s'arrêta devant les deux hommes.

— Montez, superintendant. Nickney est un vieil ami qui connaît la capitale comme personne.

Sans nul doute, le taxi londonien était l'une des créations les plus achevées du génie britannique. Haut sur roues, indémodable, il offrait un parfait confort aux passagers qui pouvaient y pénétrer sans être contraints d'ôter leur chapeau et n'étaient pas gênés par leurs bagages, installés à gauche du conducteur et maintenus par une courroie.

Chaque semaine sortaient d'usine trente-deux *black cabs*, à la silhouette inimitable. Ils étaient capables d'effectuer un demi-tour dans un diamètre de neuf mètres, preuve d'une extraordinaire maniabilité. Et ne devenait pas chauffeur d'un taxi londonien qui voulait : il fallait trois ans d'études acharnées pour apprendre à bien connaître les artères de la capitale, prouver ses aptitudes lors de contrôles fréquents, disposer des 14 000 livres sterling nécessaires pour l'achat du véhicule et obtenir la licence du Public Carriage Office, à la rigueur proverbiale.

Costume gris, cravate sombre, le cheveu rare mais soigné comme sa moustache dont les extrémités dessinaient deux volutes laquées, Nickney ne manquait pas d'allure. Pas une ruelle de l'agglomération ne lui était inconnue et, après vingt ans de métier, il continuait à la sillonner avec le même enthousiasme.

Le chauffeur avait laissé ouverte la vitre réglementaire.

— Heureux de vous revoir, Lord Percival. Un crime sur les bras ?

— Je crains que oui. Permettez-moi de vous présenter le chef superintendant Angus Dodson.

— Puisqu'il est avec vous, je veux bien croire qu'il est honnête. Où allons-nous ?

— Piccadilly, répondit Dodson, légèrement renfrogné.

— Ce ne serait pas plutôt dans la petite rue, deux cents mètres environ au nord-est de la place ?

— En effet, mais…

— Dans le métier, superintendant, on est au courant de beaucoup de choses et les nouvelles vont vite… La police, l'ambulance, de l'agitation… On a assassiné quelqu'un dans le plus bel immeuble du coin. Une femme, paraît-il.

— Elle s'appelait Patricia Langford, révéla Lord Percival, tandis que le superintendant se tassait sur son siège.

La presse n'allait pas tarder à étaler le crime à la une.

— Patricia Langford, répéta le chauffeur de taxi. Un futur ministre, c'est ça ? Eh bien, ça va faire du foin ! Un de mes collègues l'a eue comme cliente.

— Ses impressions ?

— Une femme froide, plutôt hautaine, très autoritaire et sacrément séduisante.

— Une croqueuse d'hommes ?

— Pas d'après ce qu'on a entendu dire… L'ambition politique, ça peut vous glacer le sang.

Nickney conduisait avec une remarquable habileté, déjouant tous les pièges de la circulation, dont les moindres n'étaient pas les voitures françaises, aux habitudes déplorables. Depuis leur défaite à l'issue de la guerre de Cent Ans, les mangeurs de grenouilles ne s'étaient vraiment pas acheté une conduite.

Une fois de plus, Lord Percival leva un regard étonné vers la statue d'Éros, point culminant de Piccadilly Circus, à présent cerné par d'énormes panneaux publicitaires rivalisant de laideur. On avait pourtant commandé un ange au sculpteur, sans doute pour faciliter le contact des riverains avec le ciel ; mais il avait livré un Éros bondissant pour les inciter à l'amour.

L'Écossais demanda à Nickney de s'arrêter à une centaine de mètres de leur destination.

— Ayez l'œil, lui recommanda-t-il. Nous sommes peut-être espionnés.

— Espionner Scotland Yard… Et moi en guetteur

pour assurer la sécurité de la police… Elle est bien bonne, celle-là ! Avec vous, Lord Percival, on ne s'ennuie jamais.

L'appartement de Patricia Langford était un petit bijou.

Moquette profonde, papier japonais sur les murs, éclairage raffiné et mobilier dans la plus parfaite tradition anglaise : banquettes et tables victoriennes en acajou, buffets Regency, bibliothèque en palissandre, chaises « bandeau » recouvertes de tissu rose pâle, bureau à trois tiroirs.

Lord Percival s'immobilisa au milieu du salon.

— Curieux… vraiment curieux.

— Qu'y a-t-il ? demanda Dodson.

— Ce décor semble voué au calme et à une existence tranquille, mais l'atmosphère est toute différente… Elle me fait songer au froid polaire.

— Venez, je vais vous montrer l'endroit où l'on a découvert le cadavre, proposa le chef superintendant qui préférait les faits aux impressions.

Dans la salle de bains où la malheureuse Patricia Langford avait vécu ses derniers instants, Dodson remit à Lord Percival les photographies prises par l'identité judiciaire.

Bien qu'il eût l'habitude de consulter ce genre de clichés, l'Écossais ressentit une profonde émotion.

— Cette femme était superbe… Une vraie reine de beauté. On l'a donc égorgée…

— Oui, et d'une sale manière. Ses derniers moments ont dû être atroces.

— L'arme du crime ?

— On ne l'a pas retrouvée, déplora Dodson. Le légiste nous fournira peut-être des précisions.

— Des empreintes ?

— Presque rien.
— N'est-ce pas étrange ? s'étonna Lord Percival.
— Sans doute Patricia Langford ne recevait-elle personne ici.
— Elle ne portait quand même pas des gants en permanence !
— Vous avez raison, c'est plutôt surprenant. Les empreintes de la propriétaire devraient être plus nettes, quoique… Avec les produits de nettoyage actuels, il suffit d'une femme de ménage très active et à la poigne solide pour tout faire disparaître.
— Se pose alors une question simple, conclut Lord Percival : Patricia Langford employait-elle une femme de ménage ?
— L'enquête de proximité ne devrait pas tarder à nous l'apprendre.
— Des indices ont-ils été retrouvés ?
— Eh bien…
La sonnerie aigrelette de son téléphone portable interrompit le superintendant.
— Oui, Dodson… Comment ?… Excellent !… Je suis chez la victime, amenez-la ici, le plus vite possible.
Angus Dodson afficha un large sourire.
— Nous venons de mettre la main sur la femme de ménage et nous allons l'interroger sur le lieu même du crime. On ne sait jamais… Une querelle privée entre une patronne et son employée, une querelle qui se serait mal terminée…
Lord Percival ne voulut pas amoindrir les espérances du superintendant, mais son flair lui affirmait que cette affaire risquait d'être autrement compliquée.
— Et ces indices troublants, mon cher Dodson ?

5.

Le chef superintendant mit en fonction un micro-ordinateur qui venait d'être livré aux enquêteurs de la police criminelle et remplaçait avantageusement bloc-notes, carnets et stylos. Il fit apparaître une première image qui représentait le salon de Patricia Langford.

Tout paraissait impeccable, à l'exception d'un objet blanc, au milieu de la pièce.

— Je le grossis, dit Angus Dodson. De quoi s'agit-il, à votre avis ?

Lord Percival se concentra.

— Sans aucun doute d'une figurine représentant un cygne. Du plâtre ?

— En effet.

— La figurine a été brisée à la base du cou et jetée sur la moquette, semble-t-il.

— Ce fut la première chose que nous avons vue en pénétrant dans l'appartement. Je suis persuadé que ce n'est pas Patricia Langford qui a brisé elle-même cette statuette, mais ce n'est qu'une impression…

— Qui vous a alerté, superintendant ?

— Le secrétariat du ministère des Finances. Miss Langford avait raté plusieurs rendez-vous, ce qui n'était pas dans ses habitudes.

— Bien… Il ne reste plus qu'à établir un lien entre Patricia Langford et le monde des cygnes.

— C'est peut-être sans importance… Un de ces bibelots que l'on acquiert sans trop savoir pourquoi et que l'on conserve par habitude. L'assassin a dû le renverser en sortant de l'appartement.

— Remontrez-moi le plan général, s'il vous plaît.

L'Écossais scruta longuement l'image.

— Cette dernière hypothèse est à rejeter, estima-t-il. Les meubles du salon sont trop éloignés du centre de la pièce où vous avez retrouvé le cygne brisé. Donc, l'assassin n'a pas pu renverser cet objet. Il s'en est emparé et l'a brisé pour apposer une sorte de signature.

— Pourquoi se serait-il comporté de manière aussi singulière et… imprudente ?

— Imprudente… de notre point de vue.

— Que voulez-vous dire, Lord Percival ?

— Je ne le sais pas trop moi-même. Existe-t-il un mouvement politique qui a choisi le cygne comme emblème ?

— Pas à ma connaissance… Et tant mieux ! Nous sommes peut-être aux prises avec une sorte de psychopathe.

— D'autres indices, superintendant ?

— Le jeune Wintercomb a fouillé l'appartement avec sa méticulosité habituelle et il a déniché quelques fibres de tabac sous une commode du salon. Il est en train de les analyser, mais je n'espère rien d'extraordinaire. Et voilà tout ce que nous avons pour le moment.

Lord Percival commença une exploration méthodique de l'appartement de la défunte, pièce après pièce, centimètre carré après centimètre carré. Il ouvrit les meubles de rangement et en examina le contenu.

L'opération fut moins longue qu'il ne l'avait supposé.

— Des résultats ? interrogea Angus Dodson.

— Patricia Langford ne gardait chez elle aucun document de travail et ne possédait aucun souvenir intime, comme si sa vie se déroulait en dehors de cet appartement où elle se contentait, semble-t-il, de prendre du repos. Je n'ai découvert qu'une seule allusion à l'amitié : cette photographie très joliment encadrée, au fond d'un placard.

Le superintendant regarda le document avec attention.

Deux jeunes femmes se tenant par la main et souriant au photographe : la brune Patricia Langford et une blonde, raffinée et élégante.

— Une autre politicienne ?

— Son visage m'est inconnu.

— Il faudra la retrouver, jugea Dodson. Elle pourrait nous fournir des informations importantes.

— Bien que la victime soit restée une très belle femme, cette photographie a dû être prise voilà quelques années.

— Question beauté, la blonde ne lui cède pas un pouce de terrain. Espérons qu'elle est encore vivante…

— Soyons optimistes.

— Cette affaire m'angoisse, Lord Percival, et je n'arrive pas à me raisonner.

— Il y a peut-être une autre piste à suivre : cette facture rayée de rouge.

— Voyons voir… Dix mille livres sterling pour une étude préparatoire… Préparatoire de quoi ? Ah… Il y a un nom finement gravé : Alison Keat. Et une date… La victime a reçu cette facture la semaine dernière. Dites-moi, Lord Percival, c'est une jolie somme pour une « étude préparatoire » ! Avez-vous entendu parler de cette Alison Keat ?

— Ce nom m'est inconnu.

— Si Patricia Langford a rayé cette facture de rouge, c'est qu'elle n'était pas d'accord pour payer la somme réclamée. Donc, un conflit en perspective !

— C'est d'autant plus troublant, ajouta l'Écossais, que la victime ne conservait ici aucun autre document de travail. Elle accordait donc à celui-ci une importance particulière.

Dodson ne regrettait pas d'avoir fait appel à Lord Percival. Comme toujours, il repérait ce que les autres ne voyaient pas.

— Cette Alison Keat ne va pas rester inconnue bien longtemps ! promit le superintendant qui appela aussitôt le Yard pour lancer un avis de recherche.

— Madame ou Miss Keat doit avoir une haute idée de ses talents, estima l'Écossais. Elle se croit tellement célèbre qu'elle n'indique ni adresse ni numéro de téléphone.

— Certaines personnes sans notoriété particulière agissent de même, objecta Dodson.

— Pas quand il s'agit d'émettre une facture. Alison Keat est persuadée que sa réputation la dispense de donner des détails.

— À nous, elle en donnera !

Le châtelain sentit que le superintendant retrouvait un moral de guerrier.

La porte de l'ascenseur claqua.

Sur le palier, une altercation. Une voix de femme en colère prononçait des injures à faire rougir l'archevêque de Canterbury.

Le chef superintendant alla ouvrir la porte et découvrit deux de ses inspecteurs en civil encadrant une petite femme d'une soixantaine d'années au teint sombre, vêtue d'une blouse orange et d'un pantalon mauve.

— C'est la femme de ménage, déclara l'un des deux inspecteurs qui maintenait le bras droit de la femme pour éviter de se faire gifler.

6.

— Et alors, hurla-t-elle ! Ce n'est pas un crime !

— Calmez-vous, exigea Angus Dodson d'une voix sévère, ou votre situation va sérieusement se dégrader.

L'avertissement porta.

— Bon… Mais qu'est-ce que vous me voulez ?

— Votre nom ?

— Amitsa Devi. Je suis née au Pakistan mais je vis à Londres depuis trente ans et je suis anglaise.

— Parfait, madame Devi.

— Mademoiselle ! Je suis une femme libre et je fais des ménages chez qui je veux et quand je veux.

— Vous étiez l'employée de Miss Langford ?

— On ne dit plus « employée », mais collaboratrice pour l'entretien d'appartement. Je l'aidais, en quelque sorte.

— Donc, pas question d'argent entre vous et pas trace de facture.

— Exactement, approuva Amitsa Devi. Et vous ne parviendrez pas à prouver le contraire !

Soudain, elle se renfrogna.

— Mais… Mais vous avez dit : « *étiez* l'employée »… Qu'est-ce que ça signifie ? Je suis renvoyée ?

— Quand avez-vous fait le ménage ici pour la dernière fois ?

— Vendredi dernier. J'avais prévenu ma patronne... Je veux dire ma collaboratrice, que je prenais quelques jours de repos en famille. Des cousins et des cousines en visite à Londres... Je devais m'occuper d'eux à chaque seconde, c'est bien normal. Quand vos sbires sont venus m'interpeller, nous buvions un thé à la menthe. Alors... ça signifie quoi, ce « étiez » ?

— Patricia Langford a été assassinée, révéla Lord Percival.

Amitsa Devi regarda le châtelain avec de grands yeux exorbités et s'évanouit, tombant dans les bras d'un inspecteur.

— Il ne manquait plus que ça ! grogna Dodson.

— Allongez-la, ordonna Lord Percival. Je m'en occupe.

L'Écossais massa en profondeur quelques points d'acupuncture, et la femme de ménage revint à elle.

— C'est un cauchemar... Madame n'est pas morte !

— Hélas ! si. Et nous avons besoin de votre témoignage.

— Que voulez-vous que je vous dise ? Je n'y suis pour rien, moi !

— Juste quelques détails : Patricia Langford fumait-elle ? demanda Lord Percival.

— Ah ça, non ! Elle avait horreur du tabac.

L'Écossais montra la photographie à Amitsa Devi.

— Connaissez-vous cette femme blonde ?

— Non.

— Avez-vous vu cette photographie, dans l'appartement ?

— Non.

— Veuillez regarder l'écran de l'ordinateur, je vous prie.

Angus Dodson fit apparaître un gros plan du cygne brisé en deux.

— Cette figurine appartenait-elle à Patricia Langford ?

— Jamais vu cette horreur ici.

— Votre patronne recevait-elle ici ?

— Ça la regardait. Moi, je ne m'occupe pas de la vie privée des autres.

— Dois-je vous rappeler qu'elle a été assassinée et que vous pouvez nous aider à identifier le coupable ?

Amitsa Devi regarda ses pieds.

— Madame travaillait beaucoup, révéla-t-elle à voix basse. En fait, elle ne pensait qu'à son métier, et je ne la voyais que très rarement. Un jour, je lui ai demandé quel emploi du temps elle s'imposait. Elle n'était pas très aimable, mais elle m'a quand même répondu : au moins 14 heures de travail par jour, réveil à 6 heures, une demi-heure de jogging et une demi-heure de natation en fin de soirée, avant de retourner à son bureau pour y étudier des dossiers. Vous vous rendez compte… Quelle existence !

— Patricia Langford passait donc fort peu de temps chez elle.

— Quelques heures de sommeil, quand elle n'était pas en voyage officiel ! C'est pour ça que j'ai été surprise quand…

Amitsa Devi porta la main à sa bouche, comme si elle en avait trop dit.

— Quand quoi ? intervint Dodson avec pugnacité.

— Je ne sais pas si j'ai le droit…

— Vous en avez le devoir, mademoiselle ! Une véritable Anglaise doit collaborer avec la police de son pays.

Ce précepte martial renversa les défenses de la femme de ménage.

— J'ai été drôlement surprise, un matin du mois dernier, quand je l'ai trouvée au lit avec un homme, vers 8 heures… À ce moment-là, d'habitude, madame était partie depuis longtemps, et je m'organisais comme je voulais… Là, je me suis sentie toute bête…

— Vous connaissiez cet homme ?

— Non.

— Pourriez-vous le décrire ?

— J'ai eu le temps de le regarder, car il dormait sur l'épaule de madame, et ils avaient oublié de remonter le drap…

— Nous filons au Yard pour établir un portrait-robot.

— Un instant, intervint Lord Percival. Comment votre patronne et son amant ont-ils réagi quand vous les avez réveillés ?

— Oh, j'ai été discrète ! Je suis allée dans la cuisine où j'ai fait un maximum de bruit. Madame, qui avait revêtu un peignoir, est apparue presque aussitôt. « Ah, vous êtes là, m'a-t-elle dit. Je me sens grippée et j'aimerais rester seule. Vous pouvez rentrer chez vous. » Elle m'a même donné une prime. C'est pour ça que je me sens un peu gênée, vous comprenez.

— Et vous n'avez jamais revu ce monsieur ?

— Non, tout est redevenu normal.

Le chef superintendant piaffait d'impatience. Grâce à Amitsa Devi, il allait découvrir le visage d'un homme qui aurait beaucoup à dire.

7.

Les ordinateurs faisaient des merveilles.

On n'était plus à l'époque des dessins approximatifs qui rendaient les portraits-robots si effrayants que le suspect passait aussitôt pour un criminel endurci. Grâce à la description de la femme de ménage, étudiée et affinée en plusieurs dimensions, les spécialistes obtinrent le portrait d'un bel homme d'une cinquantaine d'années, à la chevelure léonine, aux yeux gris, aux lèvres sensuelles et au menton à la Kirk Douglas.

— C'est exactement lui ! s'exclama Amitsa Devi en voyant le résultat. Mais ce n'est que sa figure… Vous ne faites pas le reste ?

— Son visage nous suffira pour l'identifier, jugea Angus Dodson. On jurerait un acteur de cinéma.

— Ce monsieur était vraiment très beau, confirma la femme de ménage d'une voix émue. Si vous aviez pu l'admirer en entier… Je comprends madame.

— Merci, vous nous avez été fort utile.

— Dites-moi… Il n'y aurait pas une petite récompense ?

Pour sortir de l'impasse qui s'annonçait, Lord Percival vola au secours du chef superintendant et remit quelques billets à la femme de ménage qui les compta avec gourmandise avant de regarder le châtelain avec des yeux de biche.

— Vous savez que vous êtes très beau, vous aussi… Si vous aviez couché avec madame, je ne vous aurais pas dénoncé.

— C'est très aimable à vous.

Aux anges, Amitsa Devi quitta le Yard en sifflotant.

Lord Percival se pencha sur le portrait-robot.

— Non, ce n'est pas un acteur…

— Un artiste ?

— Oui, superintendant, un artiste… Je l'ai croisé lors d'une réception que Sa Majesté a honorée de sa présence.

— Il ne fait pas de politique, j'espère ?

— Souhaitons que non. Auriez-vous l'amabilité de me procurer un florilège des revues d'art et de mondanités ? Avec un peu de chance, nous identifierons cet homme rapidement.

Ordre fut aussitôt donné à un planton.

— Je respire un peu mieux, confessa Angus Dodson. Cette affaire commence à sentir le drame privé et le crime passionnel… C'est beaucoup plus confortable.

On frappa doucement à la porte.

— Entrez !

Apparut un jeune homme hésitant et timide.

— Je peux vous parler, chef ?

— Ah, c'est vous, Lester… Bien sûr, mon garçon ! J'attendais votre rapport avec impatience.

Quand il vit Lord Percival, Lester Warrington perdit presque tous ses moyens. Avec son visage enfantin et ses grosses lunettes cerclées de métal, le jeune homme faisait oublier qu'il était bardé de diplômes et passait déjà pour l'un des meilleurs techniciens du laboratoire central du Yard.

Lester Warrington vouait une admiration sans bornes au châtelain qui, grâce à l'intuition et à ses connaissances de criminologue, était parfois plus efficace que les technologies de pointe.

— Comment allez-vous, Lester ?

— Bien, Lord Percival, très bien... Alors, vous êtes de retour parmi nous ?

— Le chef superintendant m'a fait l'honneur de m'associer à l'enquête.

— Je... J'ai étudié les fragments de tabac. C'est tout à fait intéressant.

Lester Warrington posa sur la longue table de ferme un énorme dossier rempli de graphiques et de résultats d'analyses.

— Voulez-vous le détail de la procédure scientifique ?

— Allez au fait, exigea Dodson.

— Tout à fait intéressant... Ce tabac n'est pas banal. Tout le monde a entendu parler des havanes, mais peu de gens savent que, même à Cuba, tous les cigares que l'on roule ne sont pas de vrais havanes. Pour mériter ce label, il faut que les *vegueros*, les cultivateurs de tabac, fournissent des feuilles de Partido, une région située à l'ouest de la capitale, ou de Vuelta Abajo.

— C'est le cas ?

— Oui, chef. Nous sommes bien en présence d'un authentique havane... Mais pas n'importe lequel !

— Un Partagas Lusitanias ? suggéra le châtelain.

— Le double-corona ? Non, Lord Percival, mieux encore ! J'ai la preuve que le tabac trouvé chez la victime provenait du plus rare des havanes, le Montecristo A : 235 mm de long pour un diamètre de 18,65 mm.

— Un vrai bâton de chaise ! s'exclama Dodson.

— On ne le fume pas en cinq minutes, confirma Lester Warrington. Il s'agit même d'une sorte de rituel, car on déguste un cigare de ce calibre-là comme un grand vin.

— Superbe résultat, Lester.

— Merci, Lord Percival, dit le jeune homme en rougissant.

— Et le cygne brisé en deux ?

— J'ai refait mes analyses vingt fois, mais je suis formel : c'est un objet en plâtre sans aucune valeur, et il ne comportait aucun indice particulier.

— Rien d'autre ?

— Malheureusement non, Lord Percival.

— Continuez comme ça, mon garçon.

Dissimulant sa joie, Lester Warrington s'éclipsa.

— Il aime son travail comme personne, commenta Dodson. En plus, il est doué.

Le planton apporta une pile de magazines aussi insipides les uns que les autres, bourrés de photographies où s'étalaient les portraits de célébrités prises sur des plages, dans des paysages de rêve, ou lors de réceptions diverses, allant d'un mariage à un vernissage en passant par une fête de charité.

— Si vous ne tombez pas sur notre bonhomme, avertit le superintendant, je lance un avis de recherche. J'ai vraiment hâte de lui parler et de lui demander où il se trouvait à l'heure du crime.

— Quand la connaîtrons-nous avec un maximum de précisions ?

— Le légiste est débordé, mais il fait passer notre cadavre en priorité.

La porte du bureau de Dodson s'ouvrit à la volée.

Un robuste gaillard en blouson de cuir rouge, chemise à fleurs et jeans, équipé d'une sacoche marquée au sceau des lanciers du Bengale, se figea sur le seuil.

— Alors, messieurs… On lit la presse à scandales pendant que je travaille ?

8.

— Ravi de vous revoir, Melrose.

— Moi de même, Lord Percival. Vous me changez de tous ces policiers bornés qui ne voient pas plus loin que le bout de leur nez. Dis donc, Angus… Fais-moi un peu de place sur ton satané bureau. J'ai quelque chose de magnifique à vous montrer.

Le chef superintendant eut un haut-le-cœur.

Le légiste William Melrose était capable de sortir une abomination de sa sacoche. Mais il se contenta de poser sur la table de ferme une bouteille de vodka bien glacée et trois petits verres.

— Je l'ai reçue de Saint-Pétersbourg, et vous m'en direz des nouvelles. C'est un fabricant clandestin qui livre les huiles du Kremlin… Quand on voit le résultat, on peut avoir confiance dans la qualité du produit. C'est cette vodka-là qui a détruit le mur de Berlin et l'Union soviétique.

Melrose en était à son deuxième cul sec quand la première gorgée de vodka descendit dans le tube digestif de Dodson, décapant tout sur son passage.

— C'est une vraie boisson pour hommes, admit-il, mais il ne faudrait pas en abuser…

— Rien de tel pour détruire les microbes. On nettoie bien les sols à l'eau de Javel... De la vodka comme ça, c'est excellent pour la tuyauterie.

Melrose alluma une pipe dont le fourneau avait la forme d'une tête de mort. En sortit une fumée rose qui ne devait pas contenir que du tabac.

— Bon, passons à votre Patricia Langford... Sacrée belle plante ! Une paire de nichons de cet acabit-là, voilà longtemps que je n'en avais pas tâté ! Pas un défaut, le volume idéal, un galbe à se pâmer, des tétons qui vous donnent envie de redevenir bébé... Pauvre fille. On ne lui a pas laissé sa chance.

— Elle était promise à une belle carrière politique, rappela le superintendant.

— En ce cas, elle a bien fait de mourir. Il faut reconnaître qu'on ne lui a pas demandé son avis... Une sale mort et un assassin vicieux.

— On l'a bien égorgée ?

— Oui, mais salement. L'assassin l'a d'abord frappée au bas-ventre, sans doute d'un coup de genou. Quand elle s'est tordue de douleur, il est passé derrière elle, l'a saisie au menton de son bras gauche et l'a égorgée par trois fois. Une mort horrible, messieurs, car il ne s'y est pas bien pris. Du moins, c'est ce que je croyais au début.

— Pourquoi avez-vous changé d'avis ? demanda Lord Percival.

— Parce que ce type de blessures particulièrement moches m'a fait penser à un crime commis en Irlande, voilà dix-sept ans. On avait beaucoup piétiné, puis l'étau s'était resserré sur un pêcheur qui adorait les huîtres. Pour trucider sa belle-mère qui refusait de lui payer un nouveau bateau, il avait utilisé un couteau d'écailler bien aiguisé. J'ai consulté les photographies du cadavre de la belle-mère et j'ai comparé avec notre

Patricia : ça tombe pile. Notre assassin a utilisé la même arme. À vous dégoûter de manger des huîtres.

— L'heure de la mort ?

— Lundi dernier, entre 5 et 6 heures du matin.

— La victime avait-elle eu des rapports sexuels récents ? interrogea Lord Percival.

— Non. Elle avait dîné très légèrement la veille — biscottes et jambon de Parme — et bu du café noir sans sucre peu de temps avant l'agression. À part ça, aucune maladie grave, des organes en excellent état, une peau de rêve. Cette fille-là aurait pu se présenter à n'importe quel concours de beauté. Encore un doigt de vodka ?

— Elle est remarquable, admit l'Écossais, mais ce n'est pas mon heure.

— Vous cherchez une trombine, dans toutes ces revues ?

— Celle-là, dit Dodson en montrant au légiste le portrait-robot.

William Melrose eut une moue dégoûtée.

— Ce type ne me plaît pas... Mais alors pas du tout ! Votre assassin ?

— Trop tôt pour l'affirmer... En tout cas, un intime de Patricia Langford.

— Cuisinez-le un bon coup, vous ne devriez pas être déçu. À moins qu'il ne soit réduit, lui aussi, à l'état de cadavre.

Lord Percival feuilleta la onzième revue, encore plus creuse et stupide que les dix précédentes. On y parlait des amours contrariées des princesses à marier, des frasques des princes déjà mariés, des adultères en préparation, des adultères mal préparés, des mariages qui auraient dû avoir lieu et de toute une série d'événements aussi importants pour l'avenir de la planète.

Bien sûr, il y avait les photographies des personnalités, harcelées par les paparazzi qu'elles payaient un bon prix pour figurer dans les bonnes pages. Ne pas être pris en photo lors d'une réception majeure signifiait que l'on avait baissé d'un cran dans la hiérarchie du gotha international.

Ce qui surprenait le plus Lord Percival, c'était la bêtise triomphante affichée par un certain nombre de clichés. Les photographes étaient suffisamment astucieux pour saisir des expressions où le néant rivalisait avec la vacuité.

— Le voilà, dit-il à Angus Dodson.

Le chef superintendant sursauta.

— Vous... vous l'avez ?

— Sans aucun doute.

Dodson se pencha sur la page du magazine où l'homme du portrait-robot, très élégant dans son smoking grenat, affichait un superbe sourire devant l'objectif.

Dans sa main droite, un havane d'une longueur impressionnante.

— Vous avez raison, Lord Percival... C'est bien lui !

La légende de la photographie donnait le nom du sémillant personnage : Stephen Palton.

— C'est un peintre, précisa le châtelain.

— Connaissez-vous ses œuvres ?

— C'est un figuratif, spécialisé dans le paysage, le nu et les attitudes de jolies femmes. À présent, je me souviens... Il a exposé trois ou quatre fois à Londres pendant la dernière décennie. Les critiques lui dénient tout talent, mais il a du succès dans le monde entier.

— C'est donc lui, l'amant de Patricia Langford... Il apprécie les mondanités, semble-t-il.

Dodson appela aussitôt le service qui lui donnerait l'adresse du peintre.

— Cette affaire prend une excellente tournure, murmura-t-il en raccrochant.

On frappa à la porte.

— Entrez.

C'était l'un des inspecteurs placés sous les ordres de Dodson.

Blême, il semblait au bord du malaise.

— Chef…

— Vous êtes souffrant, mon garçon ?

— Chef, il se passe quelque chose d'invraisemblable… d'horrible… Quatre, oui, quatre… On vient de nous signaler quatre meurtres !

9.

Dodson fit asseoir l'inspecteur. L'absence de vodka se faisait cruellement sentir.

— Reprenez-vous, mon garçon, et expliquez-vous tranquillement.

Le policier consulta ses notes.

— C'est complètement insensé ! Je n'ai jamais vu un tel carnage en un si court laps de temps !

— Simple coïncidence... Vous en verrez d'autres. Les victimes ?

— Trois femmes et un homme.

L'inspecteur parlait avec difficulté.

— Je suis secoué, chef. Il faut m'excuser.

— Vous vous y ferez... Ou plutôt non, vous ne vous y habituerez jamais, mais vous apprendrez à mieux tenir le choc.

— Alors voici... Les trois femmes ont été découvertes chez elles, ce matin, baignant dans leur sang. Il s'agit d'Arielle Drugan, de Sandra Lockton et de Dorothy Bridge.

— Crimes avérés ?

— D'après les premières constatations, oui. Toutes les trois ont été égorgées.

Dodson fronça les sourcils.

Un tueur en série ? Par bonheur, aucun de ces trois

noms n'appartenait au monde politique. Un cauchemar s'éloignait, mais un autre se profilait à l'horizon.

— Et l'homme ?

— Son identité n'est pas encore établie, mais l'enquête de voisinage aboutira forcément.

— Cause de la mort ?

— Égorgé, lui aussi. Vous imaginez ce que ça signifie, chef ? Il y a un dingue dans les rues de Londres ! Combien de nouveaux cadavres, demain ?

— Pas de conclusions hâtives, mon garçon. Il existe des concours de circonstances encore plus surprenants. Je prends l'affaire en main… Prévenez Melrose.

Bien que le spectre du crime politique se dissipât, Lord Percival préféra continuer à utiliser les services de son chauffeur de taxi préféré, comme s'il redoutait un obscur danger.

Quand le chef superintendant et le châtelain prirent place à l'arrière du black cab, Nickney achevait de nettoyer ses phares.

— Les nouvelles ne sont pas fameuses, paraît-il.

— Quelles sont les rumeurs ? demanda Lord Percival.

— Les collègues parlent de plusieurs crimes commis dans les dernières heures… Le nom de Jack l'Éventreur sera bientôt sur toutes les lèvres. Il ne manque plus que la presse, et Londres sera enfiévrée. Où dois-je vous conduire ?

L'Écossais appréciait la discrétion de Nickney. Jamais le chauffeur de taxi ne posait de questions sur l'enquête en cours. Il se contentait de faire son travail avec un maximum de conscience professionnelle et de transmettre les informations dont il disposait.

— Croyez-vous à un tueur en série, Nickney ?

— Quand on conduit un taxi, il faut avoir du flair pour choisir le meilleur itinéraire. Pour être franc, cette histoire ne sent pas bon. À vue de nez, je pense que vous n'êtes pas au bout de vos problèmes.

— Nous allons à Ladham Walk.

— Un ancien chemin rural de Hampstead... Le coin a bien changé, mais il est demeuré plutôt sympathique.

Depuis le début d'un magnifique mois de juin, il n'avait plu qu'une ou deux fois par jour, et la circulation était relativement fluide, à l'exception des heures de pointe. Nickney conduisit avec son brio habituel et déposa ses passagers devant une petite maison de briques claires que précédait un jardinet planté de rosiers taillés avec soin. Les bow-windows donnaient de l'allure à la façade.

L'endroit paraissait tranquille.

Tout semblait paisible, à l'exception de la présence de la police et du cordon réglementaire interdisant le passage.

La porte d'entrée avait été repeinte récemment, avec un beau vert sombre. Le heurtoir en bronze représentait un cheval sommairement sculpté. Au-dessus de la sonnette, deux noms superposés : Angie Guston et Arielle Drugan.

Cette dernière occupait le premier étage.

Le châtelain et le superintendant grimpèrent un escalier assez raide.

À l'intérieur de l'appartement, une équipe de l'identité judiciaire travaillait méthodiquement et en silence.

— Le cadavre ? interrogea Dodson.

— Dans le petit salon, sur votre gauche.

Arielle Drugan avait de longs cheveux noirs très soignés, elle était mince et portait un pull vert fluo, une jupette noire et des chaussures à talons compensés.

Les blessures à la gorge étaient affreuses.

Ne supportant pas l'atroce spectacle, Dodson s'adressa à un vieil inspecteur qui terminait la fouille du local décoré avec beaucoup de goût par une propriétaire aisée.

— Qu'avez-vous récolté ?

— À vrai dire, pas grand-chose… D'après diverses paperasses, elle s'appelait bien Arielle Drugan, était âgée de trente-cinq ans, et travaillait dans un salon de coiffure de Hampstead. Pas trace de l'arme du crime.

Lord Percival se mit au travail. Lorsqu'il entreprenait une tâche de cet ordre, son cerveau devait sécréter une substance particulière qui le rendait attentif au moindre détail, même le plus banal. Semblable à un chasseur traquant une proie particulièrement habile, il tentait de repérer les indices les plus minimes.

Sans grand espoir, l'Écossais commença par la cuisine où, comme il s'y attendait, il ne découvrit pas le moindre couteau d'écailler. Aucun objet tranchant ne présentait de traces suspectes.

D'après l'état des lieux, la malheureuse victime était une personne soignée et méticuleuse. Pas un grain de poussière, pas un objet qui ne fût correctement rangé. De petite taille, l'aspirateur était un modèle récent et très performant. Toutes les brosses utilisées avaient été impeccablement nettoyées.

À l'exception de la cuisine et de la salle de bains, dotées d'un carrelage sobre et pratique, et de la chambre à coucher d'une moquette gris clair, le reste de l'appartement sacrifiait au parquet. Il ne datait pas d'hier, mais était bien entretenu.

Arielle Drugan aimait les vêtements à la mode et la lingerie fine. Ses armoires étaient un modèle de rangement ; ses chemisiers, ses jupes et ses pantalons, parfumés à la lavande, ne présentaient aucun faux pli.

La défunte s'occupait beaucoup de ses cheveux ; Lord Percival avait rarement vu un aussi grand nombre de peignes, de brosses, d'épingles, de lotions et autres produits pour entretenir une chevelure.

Alors que le criminologue terminait son exploration, on enlevait le corps de la malheureuse.

10.

Le légiste William Melrose se pencha sur la flaque de sang coagulé qui imprégnait le parquet du petit salon.

— Je ne pensais pas qu'on se reverrait si tôt, Lord Percival.

Le superintendant posa la question qui lui brûlait les lèvres.

— Que pensez-vous des blessures ?

— Je suis arrivé il y a cinq minutes, répondit Melrose, et mon examen a été concluant : votre deuxième victime a été égorgée avec un couteau d'écailler.

— Vous en êtes certain ?

Le regard noir du légiste dissuada Dodson d'insister.

— En revanche, j'affine mes conclusions quant à la manière de procéder. L'assassin n'est pas un exalté qui frappe au hasard, mais quelqu'un de méthodique et d'un sang-froid hors du commun.

— Pourquoi dites-vous ça ?

— Parce que les coups ont été portés exactement de la même façon, depuis l'agression jusqu'à la manière de trancher la gorge. L'assassin a dû répéter ses gestes des centaines de fois afin de parvenir à les exécuter mécaniquement, sans aucune émotion. Il ne me reste plus qu'à préciser l'heure de la mort : hier dans la matinée, à vue de nez.

Le chef superintendant était blême.

— Si l'assassin est bien tel que vous le décrivez, il s'est donc entraîné à tuer…

— Il y a trois autres macchabées à voir, d'après ce qu'on m'a dit. Peut-être une jolie série qui débute.

Dodson se tourna vers le châtelain.

— Avez-vous découvert un indice intéressant, Lord Percival ?

— Arielle Drugan s'aimait beaucoup elle-même et prenait soin de son corps et de son apparence. La beauté était son souci majeur. Tout ce qui se trouve dans cet appartement se rapporte à elle, et à elle seule.

— Les filles d'aujourd'hui sont comme ça, assena le légiste. La famille ne compte plus, les petits amis ne sont que de passage.

— Arielle Drugan ne manquait pas d'argent, mais elle n'était pas assez riche pour s'offrir des tableaux de maîtres. Comme elle n'appréciait pas l'art moderne, elle a préféré se rabattre sur d'excellentes reproductions de Gainsborough qu'elle a fait encadrer avec le plus grand soin.

Le châtelain montra au superintendant et au légiste un paysage campagnard posé sur une table basse.

— Il y en a six comparables dans l'appartement. Observez le cadre : ce n'est pas un travail banal, mais une œuvre originale. Son auteur est un véritable artiste.

— Je veux bien vous croire, dit Dodson, mais où cela nous mène-t-il ?

— Peut-être nulle part, mais le détail n'est pas anodin.

Disposant d'une mémoire généreuse qu'il avait entraînée dès sa prime jeunesse, l'Écossais prenait rarement des notes. Prudent, le superintendant enregistra l'information sur son ordinateur portable.

Un technicien de l'identité judiciaire s'adressa à Dodson.

— Côté empreintes, chef, il n'y a rien à espérer. La demoiselle vivait seule et elle devait nettoyer tous les jours son appartement du sol au plafond. Même ses propres empreintes sont plutôt rares et peu lisibles.

— Même cas de figure que chez Patricia Langford, rappela Lord Percival. Un autre détail insolite : ce billet pour le spectacle du ballet Billy Wilton.

— Qu'y a-t-il de bizarre ?

— Le petit dessin, en haut à droite.

Angus Dodson distingua un cœur percé d'une flèche, pointe vers le bas.

— Vous pensez à la rupture d'une liaison amoureuse, Lord Percival ?

— Je crois qu'il sera indispensable d'interroger Wilton. D'après ce que j'ai lu à son sujet, ses créations artistiques sont plutôt… sulfureuses.

Le superintendant convoqua tous les policiers qui travaillaient dans l'appartement.

— Quelqu'un a-t-il trouvé des morceaux de tabac ?

Tous hochèrent la tête négativement.

— Pas de cendrier, renchérit le vieil inspecteur. Il est évident que cette femme ne fumait pas. Ni odeur, ni trace de tabac…

— Qui a découvert le corps ?

— Découvert, ce n'est pas le terme exact. C'est une vieille dame paralysée, Angie Guston, qui a appelé Scotland Yard. Elle est la propriétaire de la maison et habite au rez-de-chaussée.

— Vous l'avez interrogée ?

— Non, chef.

— Lord Percival et moi, nous nous en occupons.

— Auparavant, j'aimerais obtenir une précision. Avec son nom correctement orthographié et son adresse précise, vous devez avoir accès à son dossier médical. Étant donné la gravité de son état, il y a forcément une autoroute informatique qui vous y mènera.

Il ne restait que quelques braves gens pour croire que les différents réseaux informatiques n'étaient pas connectés, fournissant ainsi à l'État un système d'informations et de mise en cage jamais vu auparavant.

En utilisant son portable, Angus Dodson obtint l'adresse d'un hôpital et celle d'un organisme d'assurances. Il commença par ce dernier, contacta un directeur et le menaça des foudres policières s'il ne coopérait pas. Le secret médical étant de plus en plus malade, ce dernier livra une courte lutte pour l'honneur avant de donner au superintendant les renseignements qu'il exigeait.

Oui, Angie Guston était bien paralysée depuis une dizaine d'années. Son état était stationnaire, une amélioration exclue. Ses rentes lui permettaient de payer ses cotisations et d'avoir un bon suivi médical.

— Vous êtes très méfiant, Lord Percival.

— C'est malheureusement nécessaire, mon cher Dodson. Les humains portent beaucoup de masques, et certains dissimulent des visages d'assassin.

— Comme on continue ensemble la tournée des cadavres, je vous attends ici, décréta le légiste. J'ai repéré un fauteuil où l'on doit bien dormir.

William Melrose s'offrit un gros doigt de vodka et s'endormit aussitôt. Les techniciens de l'identité judiciaire remballèrent leur matériel, le superintendant et le châtelain descendirent au rez-de-chaussée et frappèrent à la porte de la propriétaire.

Le parquet grinça sous le poids du fauteuil, et la porte s'ouvrit.

11.

— Messieurs ?

— Permettez-nous de nous présenter, madame : Lord Percival Kilvanock et chef superintendant Dodson.

— Vous venez pour la petite…

— Hélas ! oui.

— Entrez, mais prenez les patins.

Angie Guston était une vieille dame racée et soignée. Son port de tête et ses magnifiques cheveux blancs, coiffés avec art, faisaient presque oublier son infirmité.

— À cette heure-là, confessa-t-elle, je m'offre volontiers un petit verre de whisky écossais qu'appréciait tant mon défunt mari. Êtes-vous amateurs, messieurs ?

— Bien entendu, répondit Lord Percival.

Le whisky était excellent, le salon confortable et la vieille dame enjouée.

— Mon mari travaillait à la poste, expliqua-t-elle. C'était un homme gentil, mais terriblement ennuyeux. À la maison, il ne parlait pas et remplissait des grilles de mots croisés pendant des soirées entières. Enfin, chacun ses goûts.

— Pardonnez ma brutalité, avança Lord Percival, mais pourquoi avez-vous alerté la police ?

— Parce que ma locataire ne changeait jamais ses habitudes. Avant de l'accepter chez moi, je l'avais soumise à un véritable interrogatoire et j'avais posé des conditions draconiennes. Pas de musique de sauvage, pas d'homme, pas d'animaux et une propreté parfaite. Comme elle respectait notre contrat, tout se passait à merveille.

— Lui demandiez-vous de vous coiffer ?

— C'est elle qui me l'a proposé. Je dois avouer que j'étais méfiante, mais le résultat m'a enchantée. Cette petite avait des doigts de fée.

— Vous fréquentiez-vous beaucoup ?

— Très peu, Lord Percival. Chacun chez soi, c'est la règle d'or. Quand elle me coiffait, elle me coiffait. J'ai horreur des potins et des bavardages.

— Vous avait-elle parlé de son passé, avant de devenir votre locataire ?

— Pas de manière précise… Elle m'a dit qu'elle travaillait depuis longtemps et qu'elle avait la chance d'exercer un métier qui lui plaisait.

— Elle avait donc des habitudes très régulières ?

— Elle se levait vers 5 heures et demie, partait travailler et rentrait vers 18 heures, sauf lorsqu'elle dînait à l'extérieur ou allait au cinéma.

— Et vous l'entendiez toujours entrer et sortir ?

— Oui, à cause du parquet. Hier, je ne l'ai pas entendue sortir, mais je me suis réveillée plus tard que d'habitude, à cause d'un début de grippe. Le soir, rien non plus. J'ai pensé qu'elle avait une aventure… Mais ce matin, rien non plus… N'aurait-elle pas dû repasser chez elle avant de partir pour le salon de coiffure dont elle faisait l'ouverture ? Je me suis inquiétée, et voilà la raison pour laquelle j'ai appelé Scotland Yard.

Un inspecteur m'a appris que cette pauvre fille avait été assassinée. Quel malheur, ici, sous mon toit !

— Vous souvenez-vous d'autres détails la concernant ?

— Je vous ai tout dit, Lord Percival.

— Souhaitez-vous bénéficier d'une protection policière ? interrogea le superintendant.

— Certes pas. À mon âge et dans mon état, je n'ai plus rien à craindre.

Confortablement installé au fond du taxi de Nickney, le légiste ronflait doucement. Le *black cab* roulait en souplesse vers le quartier de Belgravia après avoir évité un embouteillage provoqué par un touriste français qui avait stupidement confondu la droite et la gauche.

— J'ai tout de même donné l'ordre de surveiller la maison de cette vieille dame, dit le superintendant. L'assassin revient parfois sur le lieu de son crime.

— Excellente décision, approuva Lord Percival, alors que le taxi s'immobilisait devant un bel immeuble de pierre blanche auquel donnait accès une allée dallée aboutissant à une porte bleue, surmontée d'un fronton triangulaire en marbre.

Là encore, un dispositif policier que les passants regardaient avec étonnement. D'ordinaire, le quartier était calme et ignorait les affres de la violence. N'avait-il pas toujours été une pépinière de gentlemen aptes à garder leur self-control en toutes circonstances ?

— Réveillez-vous, dit Lord Percival au légiste qui sortit péniblement de son sommeil et s'étira.

— Déjà… J'étais allongé sur une plage des Caraïbes, et une superbe négresse me chatouillait la poitrine avec ses nattes…

— Nous venons d'atterrir à Belgravia, William.

— Quand il faut y aller...

L'appartement de Sandra Lockton, situé au deuxième étage, avait un cachet très particulier. La jeune femme avait choisi un style rustique où régnaient le raphia, la palme et l'osier. On ne se serait pas cru dans un quartier chic de Londres mais dans une maison de campagne sophistiquée. Le désordre lui-même n'était qu'apparent, et l'on s'apercevait vite que la moindre assiette décorée n'était pas sans valeur.

— La victime ? demanda le superintendant à un inspecteur.

— Dans la chambre, au fond du couloir.

Sandra Lockton gisait sur un lit rustique, en chêne, aux pieds massifs. Elle n'était vêtue que d'une courte nuisette de soie qui s'arrêtait au nombril.

Le fragile vêtement était maculé de sang.

Blonde, très fine, elle avait des yeux bleus grands ouverts dans lesquels on pouvait lire l'épouvante.

Émue aux larmes, Angus Dodson se détourna. Lord Percival demeura figé sur le seuil de la pièce, pendant que le légiste s'approchait du cadavre en marmonnant : « Fichu métier. »

Les spécialistes de l'identité judiciaire avaient terminé leur travail et n'attendaient plus que le passage de Melrose pour plier bagage. Malgré l'expérience, tous avaient été traumatisés par le spectacle insoutenable de cette femme superbe à la gorge tranchée.

Comme d'habitude, William Melrose devait oublier ses émotions et ne se préoccuper que de techniques d'investigation.

Depuis tant d'années, le légiste avait mis au point des méthodes qui n'appartenaient qu'à lui. Avec une surprenante rapidité, il était capable de tirer des conclusions qu'il prenait soin de vérifier par la suite grâce aux technologies de pointe ; bien souvent, le premier contact avec le cadavre était primordial.

L'air fatigué, il s'éloigna de la malheureuse. En compagnie de Lord Percival, il rejoignit Dodson dans la cuisine. Le superintendant s'était humecté le visage avec de l'eau froide.

— Alors, Melrose… Vous m'annoncez le pire ?

— Quelque chose comme ça… Un bel hématome prouve que l'assassin lui a donné un violent coup de genou dans le bas-ventre. Puis il l'a égorgée avec un couteau d'écailler, selon sa procédure répétitive. Vous pouvez être certain que Sandra Lockton est sa troisième victime.

12.

Lord Percival marcha à grandes enjambées vers la porte d'entrée pour examiner la serrure. Comme chez Patricia Langford et Arielle Drugan, aucune trace d'effraction.

— Il n'y a que deux solutions, dit-il à Dodson : ou bien les victimes connaissaient l'assassin et lui ont ouvert en toute confiance, ou bien il possédait un double des clés.

— Encore plus simple, rectifia le superintendant : il existe des passes universels qui ouvrent sans difficulté les portes d'appartements. Pour s'en procurer, les filières ne manquent pas.

— L'heure de la mort ne doit pas être très différente de celle de la précédente victime, dit le légiste. Je vais vérifier ça le plus vite possible.

Un technicien de l'identité judiciaire vint au rapport.

— Terminé, chef.

— Des empreintes ?

— Dans la chambre, néant. À croire que la victime se mettait au lit et en sortait sans toucher à rien. Dans le reste de l'appartement, toujours les mêmes : les siennes. De ce côté-là, rien à espérer. On a quand même un truc bizarre, mais c'est probablement sans importance.

— Dites toujours.

— Des petits morceaux de tabac, sous un fauteuil du salon. C'est bizarre, parce qu'il n'y a aucun cendrier dans l'appartement et pas la moindre odeur. Il suffit de regarder les doigts de la victime pour s'apercevoir qu'elle ne fumait pas.

— Transmettez immédiatement cet indice à Lester Warrington et classez-le prioritaire.

— Entendu, chef. On peut enlever le corps, Melrose ?

— Allez-y.

Soudain, le coquet appartement parut sinistre. Il n'était plus que l'écrin désolant d'une absence causée par une mort violente dont l'écho rendait l'atmosphère presque irrespirable.

William Melrose s'affala dans un fauteuil, pendant que le châtelain et le superintendant exploraient le lieu du crime.

Sandra Lockton était une amoureuse des potiches et de la vaisselle. Elle possédait des vinaigriers de toutes les couleurs, des dizaines de coquetiers aux formes variées, des plats en buis, des bouteilles en rotin et des saladiers décorés de fleurs des champs. Mais aucun de ces objets ne procura d'indice intéressant.

Dans la salle de bains, sur des étagères en bois précieux, une véritable exposition de parfums de grande qualité. Ils provenaient de chez Floris, l'Espagnol émigré à Londres pour y créer une parfumerie dans Jermyn Street, en 1730, et de chez Penhaligon dont les flacons n'avaient pas changé depuis cent vingt ans. Lord Percival reconnut Lily of the Valley, Stephanotis, Blue Bell, Language of Flowers, Lord's et Esprit du roi parmi des dizaines de merveilles. D'autres flacons, sur lesquels n'était inscrit qu'un numéro, contenaient des essences que l'Écossais ne parvint pas à identifier. Du citron, de la violette, de la bergamote, du bois de rose, du vétiver, des épices étaient réunis dans des compositions insolites.

C'est Angus Dodson qui mit la main sur la comptabilité et les papiers d'affaires de Sandra Lockton, dans un classeur en rotin.

Leur lecture prouva que la défunte était une créatrice de parfums qui, sans être l'équivalent d'un « nez », travaillait en free-lance avec les meilleurs spécialistes de la place et leur proposait ses inventions, dont certaines étaient plus ou moins retenues. Correctement payée, d'après le montant des honoraires perçus, Sandra Lockton avait également une clientèle privée pour laquelle elle composait des parfums personnalisés, en accord avec des fabricants. Les tarifs étaient à la mesure de l'investissement, du temps passé et du talent déployé.

Ladies, épouses de banquiers, de diplomates ou d'hommes d'affaires... La jeune femme avait une belle clientèle, mais ses marges bénéficiaires étaient assez réduites. Son but semblait être de se forger peu à peu une notoriété pour tenter d'ouvrir une parfumerie à son nom.

Des papiers officiels donnèrent son âge : vingt-six ans.

— Regardez ça, Lord Percival ! Il y a au moins une cliente dont le nom nous est déjà connu : Alison Keat. Décidément, cette femme doit être une vraie personnalité. Et elle apparaît pour la deuxième fois dans cette affaire...

— Une facture qu'on refuse de lui payer et une autre qu'elle a acquittée pour se procurer un parfum personnalisé.

— C'est maigre, je vous l'accorde, mais ce n'est tout de même pas rien.

Le parquet de l'appartement de Sandra Lockton était aussi ancien que celui d'Arielle Drugan, mais il avait le même charme et était entretenu avec autant de soin.

Comme les précédentes victimes, la spécialiste des parfums semblait se soucier exclusivement de sa carrière professionnelle et n'attacher aucun intérêt aux souvenirs affectifs. Elle était méticuleuse, ordonnée et passionnée par son travail.

Continuant à fouiller, Lord Percival dénicha un curieux objet qui ne cadrait pas avec le reste du logement : une étiquette portant un chiffre effacé et une inscription illisible. Bien nette, une signature avec les lettres T. E.

— Pourquoi êtes-vous intrigué ? demanda Dodson.

— L'étiquette est ancienne, la signature récente. Et pourquoi signer une étiquette ? D'après sa forme, elle devait être fixée sur un vêtement. Si on l'a conservée, c'est parce qu'elle a une valeur.

— Cette signature ne serait-elle pas un message ou bien un code ?

— T. E. : pour le moment, ces initiales ne sont pas parlantes. Et il n'est pas certain qu'elles nous mèneront quelque part.

— Je rentre quand même le renseignement dans l'ordinateur.

Perplexe, l'Écossais se sentait pris dans un tourbillon. Et il y avait encore deux cadavres…

La suite des investigations ne donna rien.

— D'après un premier rapport, indiqua le superintendant, le reste de la maison est vide, à l'exception de l'appartement en dessous. C'est son occupant qui a alerté le Yard.

L'homme en question était un avocat à la retraite qui n'avait rien perdu de sa virulence. En ouvrant sa porte aux deux hommes, il manifesta un vif mécontentement.

— Encore un interrogatoire ! Mais quand cette persécution va-t-elle se terminer ?

— Vous êtes un témoin essentiel dans une affaire de meurtre, déclara Dodson.

— Vu sous cet angle… Entrez.

13.

— Je m'appelle Henry Blow et j'ai fait condamner bon nombre de gredins ! Et voilà un meurtre, juste au-dessus de chez moi… Mais dans quelle turpitude vivons-nous ?

Vêtu d'une robe de chambre rouge, les cheveux argentés, le visage franc et massif, l'avocat offrit aux deux enquêteurs du café très fort.

— Connaissez-vous Sandra Lockton ? interrogea Lord Percival.

— Des rapports de bon voisinage, sans plus. C'était une jeune femme charmante qui travaillait dans la parfumerie, je crois.

— Vivait-elle seule ?

— Je ne l'ai jamais vue amener d'homme ici. Dommage pour elle… Une si belle fille.

— Ses habitudes ne vous étaient pas inconnues, je suppose.

— Vous n'allez quand même pas imaginer que j'espionnais cette jeune femme !

— Un ancien avocat reste forcément curieux, ne croyez-vous pas ?

Le bon sourire de Lord Percival désarma Henry Blow.

— Bon… Disons que j'avais observé inconsciemment son mode de vie, par réflexe professionnel. Mais vous allez être déçu. C'était une fille très sérieuse, acharnée au travail, d'après ce qu'elle m'avait confié. Elle évoluait dans une branche particulièrement difficile et sa marge bénéficiaire n'était pas énorme. Elle devait accomplir quantité de démarches plus ou moins fructueuses et se levait très tôt, même le dimanche. Ce n'était pas le genre à s'accorder une grasse matinée ! Si la jeune génération ressemblait à cette malheureuse, il n'y aurait pas de souci à se faire pour l'avenir de l'Angleterre.

— C'est bien vous qui avez découvert le corps ? demanda Dodson.

— Pas exactement ! Je me suis contenté de signaler à la police qu'il avait dû arriver un malheur à ma voisine du dessus, Sandra Lockton, et qu'il me paraissait nécessaire d'entrer chez elle pour s'en assurer.

— Pourquoi vous être inquiété de la sorte ?

— Parce que, hier, je n'ai pas entendu le parquet grincer ! Ce vieil immeuble est très agréable, mais les parquets ont tendance à gémir. Et il ne s'est jamais passé une seule journée sans que Miss Lockton rentre chez elle et fasse grincer les lattes, à un moment ou à un autre. Comme le silence persistait ce matin, j'en ai conclu qu'elle avait peut-être eu un malaise.

— Sandra Lockton fumait-elle ? interrogea Lord Percival.

— Certes pas, et c'était une autre de ses qualités ! Le tabac est une drogue qu'il faut combattre avec la dernière énergie. Une fumeuse, dans la parfumerie… C'eût été aberrant !

— Vous paraissait-elle inquiète ou nerveuse, ces derniers temps ?

— Au contraire, elle s'épanouissait chaque jour

davantage, comme quelqu'un qui avance d'un bon pas sur le chemin de la réussite.

Pendant que le taxi roulait vers l'East End, Angus Dodson accepta le verre de vodka que lui offrait le légiste.

— Un cadavre, ce n'est déjà pas facile à avaler, même pour un professionnel, mais là…

— Les deux derniers meurtres n'ont peut-être aucun rapport avec les précédents.

— Espérons-le, superintendant.

Angus Dodson appela son supérieur hiérarchique pour lui signaler la gravité de la situation et lui demander de museler la presse aussi longtemps que possible, dans l'intérêt de l'enquête. Dès que les journalistes s'empareraient de l'affaire, on pouvait être certain qu'ils imprimeraient n'importe quoi pour vendre du papier.

Le taxi s'arrêta à l'entrée d'une petite rue barrée par la police, à proximité de Spitafields Market où, en 1682, avait été créée une halle aux fruits et légumes. Aujourd'hui s'y tenait un *Organic Market* où le Tout-Londres venait acheter des produits biologiques. Par ces temps de vaches folles, de savants déjantés et d'industriels prêts à empoisonner des millions de gens pour faire du profit, on n'était jamais trop prudent.

Lord Percival acheta quatre vrais pains et en offrit à ses compagnons. Il était temps de se restaurer un peu, même sans avoir faim.

Le superintendant, le légiste et le châtelain franchirent le cordon de police pour se diriger vers deux inspecteurs qui encadraient un homme assis sur le trottoir, la tête dans les mains.

Un fol espoir s'empara de Dodson : Scotland Yard avait-il appréhendé le coupable ?

— C'est le laitier, indiqua l'un des deux inspecteurs. C'est lui qui a découvert le corps et alerté Scotland Yard avant de tomber dans les pommes. Il vient de reprendre ses esprits.

Le laitier leva des yeux bouleversés.

— Oui, c'est bien moi…

— Votre nom ? demanda le superintendant.

— Ricky Fowl.

— Vous ne déposez pas les bouteilles de lait devant les portes de vos clients ?

— Si, pour ceux qui fonctionnent encore avec ce vieux système… Mais Dorothy Bridge était plus exigeante. Je devais lui remettre sa bouteille de lait demi-écrémé chaque matin, à 6 h 50. Si elle avait eu une panne d'oreiller, je lui aurais servi de réveil.

— Vous aviez la clé ?

— Non, elle habite une petite maison à deux étages, et elle laissait toujours ouverte la porte du bas.

— C'était très imprudent.

— Je le lui avais dit cent fois, mais Miss Dorothy n'avait peur de rien… Tout le monde l'aimait.

— Son métier ?

— Maquilleuse à domicile. Une si gentille fille !

Le laitier ne put retenir ses larmes.

Lord Percival s'assit sur le trottoir, à côté de lui.

— Qu'est-ce qui s'est passé, ce matin ?

— Je me suis garé à l'entrée de la rue, comme d'habitude, j'ai pris la bouteille de lait dans ma camionnette, j'ai marché en sifflotant jusqu'à la maison de Miss Dorothy, j'ai ouvert la porte du bas et j'ai appelé : « Mademoiselle, votre lait ! » D'ordinaire, elle sortait de sa chambre, au premier étage, me disait « bonne journée ! », et je repartais. Ce matin, rien. Je ne sais pas trop pourquoi, je me suis inquiété. J'ai crié : « Mademoiselle, vous êtes là ? » à plusieurs reprises. Comme elle ne répondait toujours pas, je suis monté. La porte de la chambre était fermée. J'ai frappé, d'abord doucement, puis à grands coups. J'aurais dû m'en aller, mais j'étais de plus en plus inquiet. Alors, j'ai entrouvert la porte. Et là, là…

Le laitier éclata de nouveau en sanglots.

William Melrose lui offrit un verre de vodka.

— Prends ça, mon garçon. Ça vaut tous les calmants du monde, et les effets secondaires sont excellents.

Le laitier but sans réfléchir. Presque aussitôt, il reprit des couleurs.

— Elle était sur son lit, toute nue, du sang sur son cou, sa poitrine… C'était horrible, horrible ! J'ai claqué la porte, je me suis précipité sur le téléphone de l'entrée, j'ai composé mécaniquement le numéro du Yard et… j'ai tourné de l'œil.

— Que savez-vous d'autre sur la victime ? interrogea Lord Percival.

— Rien… Je vous ai tout dit. Sauf qu'hier, elle avait fêté son vingt-deuxième anniversaire.

14.

Dorothy Bridge habitait une maison de poupée, aux pièces minuscules. Le mobilier était plutôt sommaire : chaises en bois blanc verni et commodes en faux chêne provenant de grands magasins. Quant à la principale caractéristique des lieux, elle sautait aux yeux : de grandes photographies de dunes dorées par le soleil et d'étendues désertiques.

— De toute évidence, conclut Dodson, les paysages londoniens ne suffisaient pas à cette pauvre fille.

En contemplant les photographies, Lord Percival se souvint de ses innombrables escapades dans le Sahara, mais il songea surtout à pénétrer dans l'âme de la victime. Pour aimer à ce point ces solitudes, elle devait avoir un caractère un peu farouche et s'évader souvent, au moins en pensée, de l'univers artificiel du maquillage.

Dans sa chambre, d'autres photographies semblables. Sur le lit, le cadavre d'une jolie jeune femme rousse, très élancée, les yeux remplis d'effroi et de stupeur.

L'équipe de l'identité judiciaire était en plein travail.

— Sur le seuil, nous avons trouvé une bouteille de lait que le livreur a lâchée, précisa l'un des techniciens. Comme nous avions le gars sous la main, nous avons pu vérifier tout de suite : elle porte bien ses empreintes. Dans le reste de la pièce, en revanche, le vide ! À peine quelques traces appartenant à la défunte… À croire qu'elle ne touchait à rien.

Angus Dodson s'épongea le front.

Le légiste entra dans la chambre.

— Si vous avez terminé, tout le monde dehors.

Le superintendant avait un nouvel accès de déprime.

— Vous avez vu, Lord Percival… Une fille si jeune… Mais comment peut-on commettre des actes aussi abominables ?

— C'est une question que je me pose chaque jour, mon cher Dodson. Et je suis persuadé que personne ne peut y répondre de manière satisfaisante. L'homme est le seul animal qui ne se fixe aucune limite dans le mal et la cruauté.

Quand le légiste sortit de la chambre, l'Écossais eut l'impression qu'il avait vieilli.

— C'est le même assassin, déclara-t-il d'une voix lasse. Un coup violent dans le bas-ventre, un couteau d'écailler et la même manière de trancher la gorge, à trois reprises. Messieurs, nous sommes dans la mélasse : il s'agit bien d'un tueur en série, diablement méthodique. Il me faut encore le confirmer, mais l'heure de la mort ne doit pas être très éloignée des deux précédentes.

— Il aurait donc frappé hier matin, de très bonne heure, conclut Angus Dodson.

— Probable. À ce moment-là, dans Londres, on se déplace facilement. On peut imaginer que l'assassin aura utilisé une motocyclette peu bruyante pour éviter un embouteillage imprévu et ne pas attirer l'attention.

— Je lance immédiatement une vaste enquête de proximité. Nous trouverons peut-être un témoin oculaire.

Pendant que Dodson prenait ses dispositions, William Melrose admirait les photographies.

— C'est beau, le désert… Surtout, il y a un minimum d'humains, et le soleil s'occupe d'assécher les cadavres. On y dort tranquille, on écoute la chanson du vent et l'on oublie qu'un dieu imbécile a eu l'idée stupide de créer une race hantée par la mort et la destruction… Enfin, il y a tout de même quelques petites compensations.

Melrose continua son idylle avec la bouteille de vodka et s'affala sur un siège en bois blanc qui gémit sous son poids.

— Encore un client… Celui-là, c'est un homme, et il n'appartient pas à notre série. Vous savez à quoi je pense, Lord Percival ?

— Aux habitudes de l'assassin et aux jours des crimes.

— Vous ne seriez pas un peu télépathe ?

— Mon chien me l'a déjà fait remarquer.

— Un crime lundi, trois crimes jeudi, dans la même fourchette d'heures. Un tueur en série n'agit jamais au hasard. Nous sommes vendredi…

— Autrement dit, il peut laisser passer deux jours et recommencer dimanche, ou bien reprendre sa sinistre série lundi.

— Un meurtre lundi, trois jeudi, rappela Melrose. Il peut agir comme vous le supposez, ou bien inverser : trois meurtres lundi prochain, un seul jeudi… Ou bien encore amplifier : quatre lundi, cinq jeudi… Mais ça ferait beaucoup de cadavres et de risques. Je pencherais plutôt pour une répétition pure et simple : un crime lundi prochain, trois jeudi. Et il y a un gros os qui va vous empêcher d'avancer rapidement : les victimes ne se ressemblent pas du tout. Notre assassin n'est pas obsédé par un type de femme.

— Nous mettons le paquet, annonça Dodson. Nous allons procéder à des centaines d'interrogatoires, et ce serait bien le diable si nous n'obtenions pas de témoignages significatifs. Ce monstre ne nous échappera pas.

La maison de poupée de Dorothy Bridge ne fut ni longue ni difficile à fouiller. La jeune fille possédait une coquette garde-robe, peu de vaisselle, quelques romans d'aventures, et elle avait réservé deux pièces en enfilade à son matériel professionnel : bâtons de rouge à lèvres de toutes les couleurs, fards à joues, ombres à paupières, poudres, brosses, éponges, houppettes, pinceaux, pinces à épiler, applicateurs, Coton-Tige et autres ustensiles indispensables à l'art du maquillage. Deux trousses en cuir lui permettaient de transporter ces objets et de travailler chez ses clientes avec un maximum d'efficacité.

Accrochée à gauche d'un miroir ovale, une aquarelle sous verre tranchait avec le reste du décor.

Il ne s'agissait plus de sable brûlé par le soleil d'Afrique, mais d'une vision très traditionnelle de la campagne anglaise : un pré à l'herbe grasse traversé par une rivière, une sympathique vache broutant avec abnégation, deux vieux chênes laissant couler le temps.

Le style n'avait rien d'original, mais il était plutôt honnête. Les couleurs manquaient de profondeur, les animaux étaient trop rigides.

Une signature bien lisible : B. Norfolk.

— Un peintre célèbre ? demanda le superintendant.

— J'avoue mon ignorance, répondit Lord Percival. C'est pourtant un domaine pictural que je croyais avoir bien exploré, mais ce nom-là ne me dit vraiment rien.

— Peut-on dater ce tableau ?

— Regardez cette tache de gris, près du chêne… C'est une automobile grossièrement dessinée.

— Un tableau récent… Sans doute un peintre amateur qu'appréciait la victime.

— Étrange… Cette aquarelle n'a vraiment aucun rapport avec le désert, et Dorothy Bridge n'avait pas des goûts variés.

— Si ce peintre amateur est toujours vivant, nous le retrouverons, promit Dodson. Il nous fournira peut-être des renseignements précieux sur la victime.

15.

Le taxi roulait dans la direction du Monument, la fameuse colonne dorique inaugurée en 1677 pour commémorer le Grand incendie qui avait ravagé Londres. La hauteur de 62 mètres correspondait à la distance qui séparait la base du Monument de la boulangerie de Pudding Lane où était né le foyer, cause d'une des plus grandes catastrophes de l'histoire de l'Angleterre. Sur le coup, et puisque Néron était mort depuis longtemps, on avait accusé le boulanger catholique d'être un agent du pape; puis les ardeurs s'étaient calmées, et la capitale, tel un phénix, avait réussi à renaître de ses cendres.

Le légiste avait regagné son laboratoire pour y examiner de près les cadavres des trois femmes et confirmer ses hypothèses. Par acquit de conscience, Dodson et Lord Percival préféraient voir la quatrième victime, bien qu'il s'agît d'un homme.

— Trois éléments à prendre en compte, dit le châtelain. Le premier est le type physique des quatre femmes égorgées avec la même arme. Comme l'a noté Melrose, aucun point commun. De ce côté-là, aucune piste. Le deuxième élément est la répartition géographique des crimes : Piccadilly pour l'assassinat de lundi, Ladham Walk, Belgravia, Spitafields Market pour ceux de jeudi.

J'ai envisagé toutes sortes de liens, mais en pure perte. Si les trois crimes de jeudi ont bien été commis au petit matin, l'assassin a eu tout le temps d'agir et de se déplacer, sans précipitation. Le troisième élément, en revanche, me paraît digne d'intérêt et nous donne sans doute l'ordre exact des crimes que nous avons d'ailleurs suivi sans nous en douter. Veuillez taper sur votre ordinateur les noms et les âges des victimes.

Le superintendant s'exécuta.

Patricia Langford, 42 ans.
Arielle Drugan, 35 ans.
Sandra Lockton, 26 ans.
Dorothy Bridge, 22 ans.

L'évidence sauta aux yeux de Dodson.

— Il a commencé par la plus âgée et il a terminé par la plus jeune ! Mais alors… S'il continue, il va massacrer des enfants !

— C'est à craindre, à moins que nous ne trouvions d'autres points communs entre ces femmes qui excluraient une telle hypothèse. Et il nous faut réussir avant dimanche, si le tueur ne s'accorde que deux jours de pause avant de frapper à nouveau.

— Par saint George, c'est épouvantable ! C'est trop court, beaucoup trop court…

— Ne rendons pas les armes avant d'avoir livré bataille.

— Débarrassons-nous de la dernière affaire… Je la confie à l'un de mes subordonnés.

— Jetons quand même un œil.

— Comme vous voudrez, Lord Percival, mais rapidement.

L'immeuble où logeait l'homme assassiné avait été un défi à la reine Victoria. La puissante souveraine avait, en effet, imposé l'usage de la brique sombre, et seuls quelques architectes s'étaient aventurés à utiliser la brique rouge clair pour manifester leur sens quasi anarchique de l'indépendance.

Si la brique avait résisté, l'intérieur de l'immeuble était dans un état lamentable.

Sur le seuil, un jeune inspecteur à la fine moustache blonde.

— Très heureux de vous rencontrer, superintendant.

— Moi de même, mon garçon. Je vous présente Lord Percival.

— Le célèbre criminologue… Si je m'attendais… Au Yard, vous exercez une sorte de fascination, Lord Percival, et…

— Allons au fait, mon garçon. Que s'est-il passé ici ?

— Comme vous le constatez, cet immeuble est sur le point d'être démoli, et tous ses occupants ont été expropriés. Mais l'un d'eux refusait obstinément de partir sous prétexte qu'il avait passé son enfance ici. Il s'appelait Theobald Dixter et c'est lui qui a été assassiné.

— Comment avez-vous obtenu ces renseignements ?

— En téléphonant à l'entreprise de démolition dont la plaque est apposée sur l'immeuble.

— Qui a découvert le corps ?

— Un squatter qui dormait dans le jardinet, à l'arrière de l'immeuble. Il prétend avoir été piétiné par quelqu'un qui s'enfuyait en courant. Le squatter s'est réveillé, a vu le cadavre de Dixter gisant sur l'herbe et il a ameuté le quartier. Quelqu'un a fini par le prendre au sérieux et nous a alertés.

— Vous disposez donc d'une description de l'assassin ?

— Hélas ! non, chef. Le squatter est perpétuellement ivre. Selon ses propres déclarations, il n'a vu passer qu'une « ombre noire ».

— Vous l'avez travaillé au corps ?

— Autant que possible, mais je crois qu'il n'y a rien d'autre à en tirer. Je l'ai néanmoins retenu ici pour que vous puissiez l'interroger.

— Amenez-le.

Deux bobbies encadraient le squatter, un barbu sans âge qui n'avait pas dû se laver depuis le dernier derby d'Epsom. Il sifflotait « Yellow Submarine » tout en grattant ses épais sourcils.

— À vos ordres, mon général ! dit-il d'une voix éraillée, en esquissant un salut militaire. Prêt pour la douche et un bol de bouillon.

— Vous avez un nom ?

— Bugsy.

— Bugsy... C'est votre nom ou votre prénom ?

La question plongea le barbu dans un abîme de perplexité.

— Ah ça... Je ne m'étais jamais posé la question.

De la poche d'une veste rapiécée dépassait le goulot d'une bouteille d'alcool frelaté. Visiblement, les relations de Bugsy avec l'eau étaient au plus bas.

— Qu'avez-vous vu exactement ?

— Un fantôme ! Un fantôme tout noir qui m'a marché sur le ventre. Faut vous dire que j'ai une sainte trouille des fantômes... pas vous ?

— Quelle heure était-il ?

— Ça, je n'en sais rien, mon général... J'ai perdu ma montre. Il faisait tout noir, je me suis rendormi. Et puis j'ai fait un cauchemar… On me plongeait dans un bain parfumé ! Ça m'a réveillé.

— Ce fantôme, pourriez-vous le décrire ? demanda Lord Percival.

— Ben non… Il était tout noir.

— Comment s'est-il enfui ?

— Ben… Comme un fantôme.

— Je veux dire : à pied, en voiture ?

— J'ai pas fait attention, moi… Je me suis tâté le ventre et je me suis rendormi… Quand je me suis réveillé, j'ai vu le type qui habitait dans l'immeuble… Un gars sympa qui m'offrait de la bière, pas bien forte, mais quand même de la bière… Le pauv' type ! Pfffft… Couic, qu'on lui avait fait… Ah que j'ai couru en vitesse et que j'ai gueulé pour appeler la Navy, la R.A.F. et même les flics !

— Ce fantôme, était-ce un homme ou une femme ?

Bugsy se redressa avec fierté, comme si on allait lui remettre une décoration.

— Mes fantômes à moi, ils n'ont pas de sexe !

16.

Soutenu par les deux bobbies, Bugsy partit pour la douche.

— Nous rentrons au Yard, décida Dodson.

— Jetons quand même un œil au cadavre, recommanda Lord Percival.

— Allez-y vous-même… Moi, j'en ai ma dose.

Le jardinet était bien entretenu. Le dernier occupant de l'immeuble qui allait disparaître tenait à ce luxe minuscule qui l'aidait sans doute à vivre et à se remémorer une enfance heureuse et condamnée.

Les techniciens de l'identité judiciaire finissaient leur travail.

Dès qu'il vit le cadavre, en robe de chambre, l'Écossais sentit son sang se glacer.

Il retourna auprès de Dodson.

— Appelez Melrose… Qu'il vienne immédiatement.

— Aucun problème, conclut le légiste. L'assassin lui a donné un violent coup de genou dans le bas-ventre et il l'a égorgé avec un couteau d'écailler. Même technique, mêmes blessures. Dixter est mon cinquième client, je l'embarque. Débrouillez-vous pour que l'allure se ralentisse… Mon labo n'est pas une usine, et les journées n'ont que vingt-quatre heures.

Le légiste ralluma sa pipe d'où sortit une fumée légèrement verdâtre.

— J'ai quand même une bonne nouvelle pour vous… Notre tueur en série vient de commettre sa première erreur. Venez voir.

William Melrose sortit de la poche de son blouson une sorte de petit flacon millimétré et strié de barres de différentes couleurs.

— C'est un doseur d'humidité que j'ai mis au point pour l'étude préliminaire des cadavres trouvés dans la nature, et plus particulièrement sur l'herbe. J'ai même perfectionné celui-là pour les parcs et jardins londoniens. Hier, il y a eu trois averses matinales, et la rosée était abondante, comme ce matin. Si ce malheureux avait été assassiné dans le jardinet, le coefficient d'humidité de son dos devrait être à peu près identique à celui de l'herbe.

— Et ce n'est pas le cas.

— Pas du tout, Lord Percival. Quand on a ôté le cadavre, j'ai tout de suite constaté que l'emplacement où il se trouvait était moins humide que le reste du jardinet.

— Qu'en concluez-vous ?

— Que votre tueur en série a tenté de me posséder, moi, William Melrose ! Ce salopard se prend pour un caïd du crime, mais là, il est un peu jeune ! Ce pauvre type a été tué dans son appartement, en pleine nuit, et traîné dehors avant l'apparition de la rosée, pour essayer de m'abuser sur l'heure du crime. Ce coup-là, votre tueur ne l'emportera pas en paradis !

— Passionnant, jugea Lord Percival. Le squatter ne s'était pas trompé. Il est donc probable que Dixter a été égorgé avant les trois jeunes femmes… Mais l'assassin a voulu nous faire croire qu'il avait terminé par lui.

— Vous aurez mon rapport oral au plus vite, promit le légiste.

Angus Dodson était atterré.

— Ça devient incompréhensible… Pourquoi ce tueur en série s'est-il attaqué à un homme ?

— Sans doute parce que ce dernier est lié aux quatre femmes d'une manière ou d'une autre. Nous savions déjà que ce n'est pas le type physique de ses victimes qui l'intéresse ; à présent, nous savons aussi qu'il ne se limite pas à un seul sexe.

— Ce pauvre bougre devait avoir une soixantaine d'années… Que reste-t-il de votre théorie des âges, Lord Percival ?

— S'il est la première victime, dans les premières heures du jeudi, elle se renforce, puisque Dixter était le plus âgé.

— Vous oubliez Patricia Langford.

— Elle a été assassinée lundi. Pour le jeudi, sous réserve d'une confirmation de Melrose, nous avons : la soixantaine, trente-cinq ans, vingt-six et vingt-deux.

— Où cela nous mène-t-il ?

— Je n'en ai pas la moindre idée, mon cher Dodson.

La découverte du légiste intriguait Lord Percival. Par chance, un technicien de l'identité judiciaire était encore sur les lieux.

— Quand l'assassin a tranché la gorge de Dixter, lui dit le châtelain, le sang a jailli. Ensuite, il a traîné sa victime dehors, soit en la portant, soit en la tirant. Même s'il a nettoyé avec soin, il doit y avoir des traces.

— On s'en occupe. Côté empreintes, rien à signaler. C'est même bizarre… Il n'y a que celles du type et, dans la cuisine, elles sont presque invisibles. Pourtant, il devait y manipuler pas mal d'objets.

— Concentrez vos recherches sur cette pièce, d'autant plus que sa porte-fenêtre donne sur le jardinet.

— Jusqu'à présent, qu'avez-vous trouvé ?

— Un truc plutôt macabre qu'on a envoyé dare-dare au labo... Tenez, voilà un Polaroïd. Vous aurez les photos au Yard.

C'était une photographie du cadavre.

Sur sa poitrine, une croix maculée de sang. Un objet de petite taille, avec un Christ finement ciselé. Au pied de la croix, une pierre qui devait être une émeraude.

— Par saint George, s'exclama Dodson, un auteur de crimes rituels !

Lord Percival semblait sceptique.

— Et voilà, nous y sommes ! poursuivit le superintendant. Ce genre de cinglé mêle toujours la mort à la religion, fait expier les autres pour des crimes qu'il imagine et se châtie lui-même en demandant à Dieu de lui pardonner !

— Difficile de croire au suicide de Dixter.

— Un malade mystique est capable de tout, même de se pendre, de se trancher la gorge et de se tirer plusieurs balles dans le corps !

Angus Dodson n'avait pas tout à fait tort. Dans les annales du crime, on rencontrait, en effet, des cas surprenants.

— Puissiez-vous avoir raison, superintendant. Si Theobald Dixter est bien l'assassin, il ne tuera plus personne. Encore faut-il comprendre pourquoi il a agi ainsi.

— On va fouiller dans le passé de ce bonhomme. Connaît-on sa profession ?

— Non, répondit le jeune inspecteur à la moustache blonde. Dixter était un solitaire, les gens du quartier ne savaient pas grand-chose sur lui, sinon qu'il travaillait le soir et la nuit. C'est tout ce que j'ai pu recueillir pour le moment.

— Approfondissez, mon garçon. Je veux tout savoir sur ce gaillard-là.

— Bien, chef.

Lord Percival commençait une fouille approfondie du modeste logement lorsque le technicien de l'identité judiciaire s'exclama :

— Ça y est, je les ai ! De belles taches de sang, nettoyées avec soin, mais dont les contours apparaissent nettement sur le carrelage de la cuisine. Le type a été égorgé ici, et il n'y a pas eu beaucoup de chemin à faire jusqu'au jardinet.

17.

— Ça conforte ma théorie, estima Dodson. Ce malade mental s'est infligé lui-même d'affreuses blessures avant d'aller rendre l'âme sur sa pauvre pelouse.

— D'après la photographie, le crucifix était un objet de grande valeur, précisa Lord Percival.

— Encore de l'eau pour mon moulin ! C'était évidemment son trésor le plus précieux et son viatique pour l'au-delà.

L'Écossais trouva bien peu mystique l'appartement de Theobald Dixter, mais ce n'était pas un argument suffisant. Les pires schizophrènes prenaient soin de se présenter comme des individus gris et ternes.

Pourtant, un petit objet fort laid, caché sous une pile de mouchoirs, surprit le châtelain.

Il s'agissait d'un bronze très médiocre représentant un cygne affligé de plusieurs rayures tracées avec un feutre rouge.

— On continue dans la magie noire, jugea Angus Dodson. Et voilà la preuve de la culpabilité de Dixter… C'est lui qui a déposé chez Patricia Langford un cygne en plâtre, et il lui a cassé le cou pour signer son meurtre.

— Hypothèse intéressante, mais pourquoi avoir souillé ainsi ce cygne en bronze ?

— Ou bien c'est un rituel sinistre qui lui donnait la force d'accomplir ses crimes, ou bien il se préparait à déposer cet objet maléfique chez sa prochaine victime.

— De plus en plus intéressant, concéda Lord Percival. Mais pourquoi n'avons-nous pas trouvé de cygne chez les trois autres femmes ?

La question embarrassa Dodson.

— Ce n'est qu'un détail…

— Et pourquoi n'y a-t-il chez lui qu'un autre cygne ? Il aurait dû en prévoir trois, un par victime.

— Ce cygne en bronze était réservé à son usage personnel, avança le superintendant. Il n'était pas assez fou pour signer tous ses meurtres de la même manière.

— C'est pourtant le cas de ce genre de psychopathe, d'ordinaire.

— D'accord, Lord Percival, d'accord… Il doit exister une explication.

Dodson s'accrochait désespérément à son hypothèse, mais il sentait bien qu'elle ne satisfaisait pas le criminologue qui, pourtant, la prenait au sérieux.

— Le tiroir de cette commode est fermé à clé, observa le châtelain, et la clé a disparu.

Dodson s'adressa aux techniciens.

— Qu'a-t-on trouvé sur le cadavre, à part le crucifix ?

— Rien. Le type ne portait qu'une robe de chambre dont les poches étaient vides.

— Ni collier ni bague ?

— Aucun bijou.

— Ce tiroir doit contenir quelque chose d'essentiel aux yeux de Dixter, et il a forcément caché la clé quelque part. Fouillons de fond en comble.

Angus Dodson la trouva sous une chemise blanche qui avait vécu.

— À nous deux, mon gaillard ! s'exclama-t-il en débloquant le tiroir où il s'attendait à découvrir une nouvelle preuve de la culpabilité du tueur en série.

Des paires de chaussettes de laine, d'autres en coton et un objet insolite.

Une petite boîte en or qui contenait des pièces de monnaie connues sous le nom de « souverains ».

— Qu'est-ce que c'est que ça… ?

— Une bourse pour les nobles, expliqua Lord Percival. Elle se portait accrochée à la chaîne de montre et se dissimulait dans la poche du gilet. Lorsque l'aristocrate avait besoin de distribuer de l'argent, il ouvrait la boîte et déclenchait un ressort qui faisait sortir les souverains, un par un.

— Une petite banque portative…

— Celle-là est de grande valeur. Un collectionneur averti paierait une petite fortune pour l'acquérir.

— Ou bien c'est un objet de famille, ce qui est peu probable, ou bien Dixter l'a volé à quelqu'un. Peut-être à Patricia Langford…

Lord Percival hocha la tête.

— Vous avez une autre idée ?

— Trop tôt pour le dire, mon cher Dodson.

Le superintendant était un peu déçu. Il aurait préféré un indice plus significatif et poursuivit son exploration avec acharnement. Mais ni lui ni Lord Percival ne virent leurs efforts couronnés de succès.

— Je crois que cet endroit n'a plus rien à nous dire, estima le châtelain. Il va bientôt disparaître sous les coups de boutoir des démolisseurs et aura terminé son existence par une tragédie.

Les techniciens de l'identité judiciaire confirmèrent qu'il n'y avait pas d'autres traces de sang dans les autres pièces : la gorge de Theobald Dixter avait bien été tranchée dans sa cuisine.

— Un fantôme, murmura Lord Percival.

Le chef superintendant sursauta.

— Ah non, pas vous ! Vous n'allez pas croire au délire de ce squatter alcoolique !

— On n'a pas retrouvé un cheveu, ni même un fragment de poil, comme c'est le cas la plupart du temps... Et le squatter a dit que le fantôme était tout noir.

— Il était ivre et ne sait même plus s'il dormait ou s'il était réveillé !

— Son témoignage est plus important qu'il n'y paraît : il a été réveillé au milieu de la nuit, il a vu une forme noire et il s'est rendormi. L'assassin a pris tellement de précautions qu'il a dû revêtir une combinaison de motard, avec les gants et le casque. Même si quelqu'un le remarquait, impossible de le décrire. Un véritable fantôme qui ne laisse aucune trace de son passage.

Le moral du superintendant était en baisse.

— Si votre imagination ne vous égare pas, quelle chance avons-nous d'identifier un pareil monstre ?

— D'abord, ce n'est qu'une supposition ; ensuite, il faut être certain que Dixter n'est pas notre coupable.

— Ah... vous ne l'éliminez pas.

— Tout comme vous, j'espère qu'il est bien l'assassin.

— Nous sommes vendredi midi, déplora Angus Dodson. Si ce malade est toujours vivant et en liberté, quel crime va-t-il commettre lundi ?

— La matinée a été plutôt rude. Je vous propose un bon déjeuner au cours duquel nous arrêterons notre stratégie, en estimant que Dixter est une victime et non le coupable.

Le chef superintendant parut découragé.

— Ne vaut-il pas mieux attendre les résultats des autopsies ?

— Surtout pas, à supposer que nos heures soient comptées.

— Par où commencer ?

— Nous avons un bon nombre de pistes à remonter et plusieurs personnes à interroger.

Le dynamisme de Lord Percival redonna de l'entrain à Dodson.

— Bougeons-nous, vous avez raison ! Et puis, j'ose à peine vous l'avouer... Mais je meurs de faim.

18.

Le châtelain et le superintendant avaient déjeuné à la Princesse Louise, dans High Holborn, un pub d'habitués dont Lord Percival connaissait bien le patron. Il leur avait servi deux pintes d'une superbe *lager*, des œufs au plat pondus par de véritables poules, des haricots frais au persil et à l'ail, et une tarte aux pommes agrémentée d'une boule de glace à la vanille. Un repas sommaire pendant lequel Dodson avait consulté les données enregistrées dans son ordinateur.

Un bref débat avec Lord Percival leur avait permis d'arrêter une stratégie.

— Nous continuons avec votre taxi, Lord Percival ?

— Cela me paraît préférable.

— La piste politique est pourtant coupée... Qu'avons-nous à craindre ?

— Je ne sais pas... J'ai l'impression que nous pourrions être épiés, voire suivis, et qu'il faut agir avec la plus extrême discrétion.

Dodson avait appris à respecter les intuitions du criminologue. Sur le moment, elles semblaient ne se fonder sur aucune base sérieuse, mais l'avenir révélait souvent le contraire.

Nickney avait déjeuné d'un sandwich en compagnie de quelques collègues. Quand le châtelain et le superintendant s'installèrent dans le *black cab*, il fut désolé de n'avoir obtenu aucune information intéressante.

— La fièvre monte, indiqua-t-il, et la peur va bientôt l'accompagner. Mauvais pour tout le monde... Où désirez-vous aller, Lord Percival ?

— Cheyne Walk, à Chelsea.

Une petite averse avait rafraîchi Londres. Angus Dodson venait d'obtenir l'adresse de Stephen Palton avec lequel Scotland Yard était entré en contact. Très étonné par cette démarche, l'artiste avait néanmoins accepté de recevoir la police à 14 h 30.

Le charme de Chelsea était toujours aussi prenant. Ce quartier à part, parallèle à la Tamise et s'étendant de Chelsea Bridge au pont suspendu d'Albert Bridge, était un ancien village de pêcheurs. Lui avait succédé un autre village, plus huppé, rendu célèbre par la présence d'intellectuels comme Thomas More, Érasme, Holbein et Henry James, sans oublier Turner, le plus génial des peintres britanniques.

Au XIXe siècle, les mœurs des poètes et des artistes de Chelsea avaient beaucoup choqué les puritains et, dans les années 60, le souffle de la Pop Music et des stylistes délirants avait traversé le quartier. Le calme était revenu autour du Royal Chelsea Hospital, et des résidents aisés fréquentaient assidûment les boutiques de luxe.

Cheyne Walk était une artère de rêve où de magnifiques maisons du XVIIIe siècle sommeillaient au bord de la Tamise.

C'est là où le riche Stephen Palton avait élu domicile.

Et c'est lui qui ouvrit la porte de son hôtel particulier quelques instants après le coup de sonnette de Dodson.

— Je vous attendais, messieurs… À qui ai-je l'honneur ?

— Chef superintendant Angus Dodson et Lord Percival Kilvanock.

Stephen Palton était bien l'homme du portrait-robot : chevelure léonine, yeux gris, lèvres sensuelles, menton à la Kirk Douglas, allure de séducteur.

— Vous avez beaucoup de chance, messieurs. J'aurais dû me trouver à Rome, mais il y a eu un contretemps. Pourquoi désiriez-vous me voir de toute urgence ?

— Pour meurtre, déclara Dodson avec gravité.

— Pardon ?

— Vous avez parfaitement entendu, monsieur Palton. Pouvons-nous entrer ?

— Je n'ai probablement pas la possibilité de vous en empêcher…

— Bien sûr que si, et vous pouvez également refuser de répondre à nos questions.

— En ce cas, je m'attirerais sûrement de nombreux ennuis !

— C'est certain.

— Je m'aperçois que nous sommes entre gentlemen !

Lord Percival tenta d'adoucir l'atmosphère.

— Votre aide pourrait nous être très précieuse, monsieur Palton. Il est probable que nous sommes en présence d'un tueur en série, et nous redoutons qu'il ne passe de nouveau à l'action.

Le peintre sembla étonné, voire choqué.

— Qu'est-ce que vous racontez là… Je ne fréquente pas les assassins, moi ! Un tueur en série… Que voulez-vous que j'y fasse ?

Angus Dodson trancha dans le vif.

— Connaissez-vous Patricia Langford ?

Stephen Palton blêmit.

— Peut-être...

— Ce n'est pas une réponse satisfaisante, jugea le superintendant.

— Bon... Entrez. Nous n'allons pas discuter sur le seuil de la porte.

L'hôtel particulier du peintre était un vaste atelier peuplé de tableaux terminés, d'œuvres en cours d'exécution, de toiles vierges, de pots de peinture, de pinceaux de tailles diverses, de palettes, de carnets de croquis, de crayons et de feutres. Il y avait aussi plusieurs blouses blanches plus ou moins maculées de couleurs variées et une incroyable quantité d'objets de grande valeur choisis avec éclectisme.

Lord Percival identifia un bronze de l'époque Ming représentant un cheval au galop, des fauteuils George Ier, une statuette aztèque, des vases de Sèvres dessinés par Falconet, une vasque en porphyre aux anses d'or du XVIIe siècle, un primitif flamand évoquant la campagne enneigée, un coffre de toilette signé André Charles Boulle, une table marquetée créée par l'ébéniste E. H. Baldock pendant la première moitié du XIXe, des céramiques italiennes de la Renaissance, des chaises espagnoles du XIVe...

— Mon caravansérail vous plaît, Lord Percival ? Moi, il m'amuse... Comme je voyage beaucoup, je passe un temps fou chez les antiquaires et je ne résiste à aucun coup de cœur. L'art est la seule raison de vivre ! Quand on contemple ces merveilles, on se sent mieux et l'on a envie de créer à son tour. Je possède d'autres ateliers comme celui-là, à Paris, à Madrid et à Tunis. Quand je passe de l'un à l'autre, je redécouvre des mondes que je croyais avoir oubliés, et l'envie de peindre me reprend comme un feu dévorant.

— Votre notoriété est immense, monsieur Palton.

— Je suis connu dans une vingtaine de pays et je gagne beaucoup d'argent depuis quelques années. Ma cote continue à grimper… Un jour, fatalement, elle descendra. Mais j'ai mis assez de côté pour continuer à vivre comme je l'entends. Ce qui me rassure, c'est que les intellectuels me détestent et ne cessent de pondre des papiers incendiaires contre ma peinture… Les vrais amateurs d'art sont rassurés, puisque cette bande de cuistres et de jaloux a toujours passé son temps à se tromper et à dénigrer. Moi, je continue à tracer mon chemin sans m'occuper des critiques ou des louanges qui, de toute manière, ne m'aident pas à peindre. Asseyez-vous, je vous sers un vieux whisky écossais.

Dodson choisit un confortable fauteuil en cuir, Lord Percival une chaise espagnole.

— Et si nous reparlions de Patricia Langford ? proposa le superintendant.

19.

En entendant ce nom pour la seconde fois, le peintre perdit sa jovialité naturelle.

— Oui, je l'ai rencontrée... Mais vous savez, je rencontre beaucoup de monde. Dans mon métier, il y a un aspect solitaire, mais aussi des relations publiques obligatoires. Elles ne m'amusent pas, mais les obligations sont les obligations. Les agents, les galeries, toutes sortes d'intermédiaires...

Angus Dodson eut un sourire féroce. Dès les premières passes d'armes, le peintre s'enfonçait dans le mensonge.

— Vous ne connaissiez donc pas intimement Patricia Langford ?

Stephen Palton but une gorgée de whisky.

— Qui peut se vanter de connaître intimement les gens... On se rencontre, on se croise, on se sépare... Mais pourquoi me parlez-vous de cette personne avec tant d'insistance ?

— Parce qu'elle a été assassinée, répondit Lord Percival. Assassinée d'une manière particulièrement horrible.

Le peintre baissa la tête.

— Pauvre femme... L'homme est parfois la plus bestiale des créatures. Je suis tout à fait désolé pour cette malheureuse, mais en quoi sa tragique disparition me concerne-t-elle ?

— N'étiez-vous pas son amant ?

Palton évita le regard du châtelain.

— Amant… C'est un bien grand mot. J'ai dû la connaître un peu, c'est tout… Non, nous n'étions pas si intimes.

— Où vous trouviez-vous, lundi dernier, entre 5 et 8 heures du matin ?

Le peintre prit un long temps de réflexion.

— Comme tous les artistes, j'ai une très mauvaise mémoire du passé, car je vis dans le présent. Lundi, c'est déjà loin.

— Faites un effort.

— Si je ne me trompe pas, je dormais. De toute manière, je me couche toujours très tard et je ne me lève pas avant 10 heures.

— Vous dormiez… ici ?

— Oui… oui, sûrement.

— C'est gênant, assena Dodson.

Le peintre parut piqué au vif.

— Pourquoi ?

— Parce qu'un témoin oculaire affirme vous avoir vu chez la victime.

— Ce lundi-là, c'est impossible !

— Votre mémoire fonctionnerait-elle mieux que vous ne le supposez ?

— Dimanche soir, j'ai travaillé tard, très tard même… Et je me suis levé très tard dans la matinée du lundi. Je vous jure que je ne me trouvais pas chez Miss Langford.

— Mais il vous arrivait bien de dormir chez elle… et avec elle ?

— Ce sont des questions extrêmement indiscrètes, superintendant. Miss Langford a sa vie, j'ai la mienne.

— Elle n'a plus de vie, monsieur Palton. Elle a été assassinée. Et je vous prie de répondre précisément à mes questions.

L'artiste vida son verre et le remplit de whisky.

— Nous avons eu une brève liaison, voilà tout. Patricia Langford mène une brillante carrière politique, moi je peins. Chacun son chemin.

— Dois-je comprendre que vous avez rompu récemment ?

— Oh, je ne sais plus… Ça n'avait pas tellement d'importance, ni pour moi, ni pour elle. L'existence est remplie de ces petites aventures sans lendemain.

— Était-elle inquiète, questionna Lord Percival, ou vous avait-elle parlé de menaces la concernant ?

— Non, pas du tout. Patricia était une femme très entreprenante qui ne redoutait rien ni personne. Elle avait une ambition énorme, d'ailleurs justifiée, et elle comptait bien devenir ministre. Je n'ai pas de conseil à vous donner, mais c'est probablement un assassinat politique. L'ascension de Patricia ne plaisait pas à tout le monde, car elle traitait des dossiers financiers sensibles et n'aurait pas hésité à écraser quelques pieds pour prouver sa valeur et se faire une place au soleil.

— Nous y songerons, assura le superintendant. Pourriez-vous nous donner les noms des adversaires les plus redoutables de la défunte ?

— Une moitié des travaillistes et une moitié des conservateurs ! Selon son expression, Patricia avait décidé de « faire un peu de ménage » dans les finances publiques. Je lui avais déconseillé de s'engager dans cette voie périlleuse, mais elle était obstinée et croyait en sa mission. Voilà le résultat, hélas !

— Donc, pour vous, aucun suspect bien défini ?

— Non, superintendant.

— Un témoin pourrait-il corroborer vos dires à propos de votre réveil tardif de lundi matin ?

— Un témoin… Quel témoin ?

— Une femme, par exemple.

— Vous me prenez pour un bourreau des cœurs, superintendant ! Non, j'étais seul.

— Dommage.

— Comment, dommage ? Ma parole ne vous suffit-elle pas ?

Angus Dodson soutint le regard furibond du peintre.

— Pour le moment, si.

— Êtes-vous marié ? demanda Lord Percival.

Les traits de Stephen Palton se crispèrent.

— Je l'étais…

— Un divorce douloureux ?

— Ça, vous pouvez le dire ! Une vraie hystérique, impossible à vivre. Belle et intelligente, d'accord, mais ça ne suffit pas. Elle n'arrêtait pas d'analyser mes tableaux, de me demander de corriger ceci ou cela, bref, elle m'énervait… Je l'ai priée cent fois d'arrêter, mais c'était plus fort qu'elle.

— Vous avez été mariés longtemps ?

— Une vingtaine d'années, et ce fut un calvaire ! J'aurais dû comprendre plus tôt que je n'étais pas fait pour le mariage, mais nous nous entendions à merveille physiquement, et elle savait me galvaniser quand je traversais des périodes de dépression. Au fond, avec un peu de bonne volonté de chaque côté, nous aurions peut-être pu éviter le naufrage. Ni l'un ni l'autre, nous n'avons accepté de mettre un peu d'eau dans notre vin, comme on dit en France, et le conflit était devenu permanent.

— Qui a pris l'initiative du divorce ?

— Honnêtement, je ne sais plus. Moi, j'étais au

bout du rouleau… Ce n'étaient que discussions interminables, je ne parvenais même plus à peindre.

— Qu'est devenue votre épouse ?

— Mirella a repris son nom de jeune fille, Wimpole, et elle réside à Londres. Ne vous faites aucun souci pour son avenir : en souvenir des bonnes années passées ensemble, je lui ai offert la moitié de ma fortune, une cinquantaine de toiles et plus de trois cents dessins. Elle n'a pas besoin de travailler pour vivre.

— Où vous trouviez-vous dans la nuit de mercredi à jeudi ? demanda Dodson, abrupt.

20.

Le peintre se leva et fit quelques pas, son verre de whisky en main.

Visiblement, il cherchait la moins mauvaise réponse.

— J'ai dîné en ville et je suis allé au cinéma... Puis je suis rentré, j'ai fait des esquisses pendant deux ou trois heures, et je me suis couché, sans doute vers 2 heures du matin... Et j'ai dû me réveiller entre 10 et 11 heures, comme d'habitude.

— Le nom du restaurant ?

— C'est vraiment nécessaire, superintendant ?

— Indispensable.

— Tudor, dans Main Street, à Chelsea.

— Qu'avez-vous mangé ?

— J'ai oublié.

— Essayez de vous souvenir.

— Des... des champignons à la grecque, une sole de Douvres et un sorbet cassis.

— Quel film avez-vous vu ?

— Un vieux western avec John Wayne... *Rio Bravo*. Mais pourquoi toutes ces questions ?

— Je vais vous citer quatre noms : Arielle Drugan, Sandra Lockton, Dorothy Bridge et Theobald Dixter.

Stephen Palton demeura de marbre, mais Lord Percival vit ses doigts se crisper sur le verre.

— Ces noms me sont inconnus, affirma le peintre d'une voix saccadée.

— Réfléchissez bien, insista le châtelain.

— J'ai beau réfléchir, ces noms ne me disent rien. De qui s'agit-il ?

— De quatre personnes assassinées dans la matinée de jeudi.

— C'est… c'est effroyable ! Mais qui a pu…

— Nous identifierons l'assassin, promit le chef superintendant. Êtes-vous définitivement certain de ne connaître aucune des victimes ?

La voix du peintre se fit encore plus hésitante.

— Oui, certain… Mais je suis choqué ! Vous faites irruption chez moi et vous étalez vos assassinats comme si j'y étais mêlé.

— Qu'est-ce qui a pu vous suggérer cette hypothèse, monsieur Palton ?

L'artiste s'étrangla.

— Je… Mais… Vos questions, vos…

— Au cours d'une enquête criminelle, nous interrogeons des dizaines de personnes… Le coupable, nous l'arrêtons.

Stephen Palton se planta devant Dodson.

— Dites-le franchement : vous me soupçonnez ?

— Pour le moment, nous vous interrogeons. Ensuite, nous vérifierons vos dires. Si vous êtes sincère et innocent, qu'avez-vous à redouter ?

Palton tourna le dos au superintendant pour contempler un petit dessin de Dürer encadré de manière remarquable. La dorure était d'une finesse exceptionnelle, chacune des volutes du bois de chêne massif se déployait de manière différente.

Lord Percival vint à la gauche du peintre.

— Une splendeur.

— Vous appréciez Dürer, Lord Percival ?

— Il est inimitable. Même si mon avis pourrait être celui d'un béotien, j'estime que le cadre de ce dessin est, lui aussi, une œuvre d'art.

— Je ne suis pas loin de partager votre avis. C'est une pièce remarquable, en effet. Malheureusement, l'artisan qui réalisait ce type d'encadrement n'est plus dans le métier.

— Travaillait-il pour vous ?

— J'étais même son principal client ! Et je suis persuadé que, dans certains pays, la beauté de ses cadres a facilité la vente de mes tableaux.

— Comment s'appelle-t-il ?

— Dick Aldwych.

— Savez-vous ce qu'il est devenu ?

— Non, je l'ignore. Il doit être âgé d'une soixantaine d'années, aujourd'hui, et je me suis souvent demandé pourquoi il avait abandonné un travail dans lequel il excellait. Je n'ai d'ailleurs retrouvé personne d'aussi doué.

— Son caractère ?

— Disons… fantasque. Aldwych détestait recevoir des ordres et ne se fiait qu'à sa propre inspiration. Comme les résultats étaient remarquables, je le laissais faire. Lui et moi, on s'entendait très bien, et j'ai beaucoup regretté sa disparition.

Angus Dodson sursauta.

— Disparition… N'est-ce pas un mot un peu fort ?

— Non, Dick a vraiment disparu du jour au lendemain ! Atelier fermé, parti sans laisser d'adresse, aucune relation qui permette de le contacter.

— Et vous ne vous êtes pas inquiété ?

— J'ai passé quelques coups de fil, mais personne ne savait rien, sinon que Dick avait laissé entendre qu'il n'encadrerait pas des tableaux toute sa vie, parce qu'il avait la passion des animaux et de la nature. Je l'imagine assez bien retiré dans une ferme des Highlands, loin du monde et du bruit. Et puis je ne suis pas un policier chargé d'enquêter sur les gens… Chacun est libre d'aller où il veut.

— Quels étaient ses rapports avec les femmes ?

— Je l'ignore, Lord Percival. Dick m'apparaissait comme un personnage bougon et solitaire qui ne s'intéressait nullement à la bagatelle, mais allez savoir ! Peut-être cachait-il un tempérament de feu sous une feinte froideur… Mais ça m'étonnerait beaucoup. Je n'ai jamais vu de femme dans son entourage. Était-ce le genre d'homme à tout quitter pour vivre une folle aventure sentimentale ? Pourquoi pas, après tout !

— Vous faisait-il des confidences, parfois ?

— Nous ne parlions que de travail. Une ou deux fois, j'ai tenté de le lancer sur sa vie privée, et il s'est refermé comme une huître. J'ai compris qu'il était inutile d'insister, sous peine de provoquer des réactions désagréables. À chacun ses petits secrets, non ?

— Le nom d'Alison Keat vous est-il familier ?

Le peintre regarda le châtelain avec étonnement.

— Alison Keat… Non, je ne vois pas. Devrais-je la connaître ? En tout cas, elle n'appartient pas aux milieux artistiques que je fréquente, ni à la pléiade de mes honorés confrères et concurrents. Mais… Est-ce une autre victime de votre tueur psychopathe ?

— Espérons que non, monsieur Palton.

Le peintre eut un air gourmand.

— Messieurs, fumez-vous le cigare ?

21.

Stephen Palton ouvrit lentement une boîte en bois des îles équipée d'un humidificateur. À l'intérieur, des havanes qu'il commença à déguster par l'odorat.

— Messieurs, je vous propose l'une des merveilles de cette planète : un Montecristo A. Longueur : 235 mm. Calibre : 18,65 mm. Et chaque cigare a sa petite particularité… Je les fais venir à prix d'or de Cuba, mais ils ne me déçoivent jamais.

De la boîte, le peintre sortit l'un des géants.

— Regardez ce chef-d'œuvre ! Un corps souple, une cape soyeuse…

Le superintendant accepta de tenter l'expérience. Lord Percival, qui ne fumait plus en raison d'une promesse accordée à Lady Ophelia, résista à la tentation.

— Vous ne savez pas ce que vous perdez !

— Un vœu est un vœu, monsieur Palton.

Le peintre donna à Dodson un briquet à gaz. Le policier en fit jaillir une flamme pour la passer sur le corps du Montecristo A.

— Mon Dieu, ne faites pas ça ! s'exclama Palton. Ce serait un véritable sacrilège, et votre havane ne s'en remettrait pas ! J'ai vu pire… Un des amis le trempait dans l'alcool, un autre lui plantait une allumette dans la tête… Une vraie boucherie ! Un instant, superintendant.

Avec une guillotine spécialement prévue à cet effet, le peintre coupa la tête du Montecristo A fermée par une rondelle de feuille de tabac appliquée par le *torcedor*, l'ouvrier chargé de rouler les cigares, pour lui donner son aspect définitif.

— Évitez briquet à essence, bougie et même allumettes, recommanda Stephen Palton. Pour ma part, je n'utilise qu'un briquet à gaz en argent, tout à fait neutre.

Son cigare allumé, le peintre se laissa aller au fond d'un confortable fauteuil de cuir et commença à fumer avec une extrême lenteur. Angus Dodson l'imita.

— Il faut reconnaître que ce n'est pas un vulgaire cigarillo, estima le superintendant, tout en faisant effectuer un quart de tour à la petite rose rouge en plastique qu'il portait à la boutonnière.

Ses interlocuteurs pensaient que le chef superintendant avait des goûts bucoliques, alors qu'il s'agissait d'un micro miniaturisé, relié à un magnétophone également miniaturisé et dissimulé dans la poche intérieure de la veste. Ainsi, Dodson ne perdait pas un mot des interrogatoires et pouvait les réécouter des heures durant pour déceler la faille ou le mensonge.

— Le plaisir des dieux, murmura le peintre, qui partait doucement vers l'extase en oubliant la présence des deux enquêteurs.

— Si je ne m'abuse, avança Lord Percival, vous peignez surtout des femmes plutôt… dévêtues.

— C'est l'argument qu'utilisent contre moi mes adversaires pour bien montrer que je ne m'inscris pas dans les grands courants destructurateurs de la créativité picturale contemporaine ! À une critique d'art totalement branchée, j'ai raconté cette histoire :

un amateur d'art plutôt snob emmène sa petite amie visiter un musée. Malheureusement pour lui, elle est inculte. Devant un primitif flamand, elle s'exclame : « Ah, quel beau Monet ! — Non, lui explique son compagnon, gêné. Allons plus loin. » Devant un vrai Monet, elle s'écrie : « Ah, quel magnifique Watteau. — Allons plus loin », recommande l'homme. Soudain, elle se fige et s'exclame : « Ça, c'est un authentique Picasso. — Mais non, réplique son compagnon, c'est un miroir. »

Les trois hommes rirent de bon cœur.

— Inutile de vous préciser, poursuivit Palton, que je me suis fâché à mort avec cette critique et que ma réputation de passéiste a fait un bond en avant. Mais je continue à penser que le cubisme est un piège à gogos et je constate que la plupart des peintres modernes ne savent même pas dessiner. Impuissants et stériles, nos chers critiques font régner un véritable terrorisme intellectuel dont nous ne sommes pas près de sortir. Alors oui, je peins des femmes, des vraies femmes, avec des seins, des fesses, des sexes, mais aussi des sentiments et de la tendresse… Et je peins des paysages, avec des arbres, des lacs, des fleurs et des collines, que ça plaise ou non aux revues spécialisées.

— Je vous concède que les havanes peuvent être un plaisir de l'existence, dit Lord Percival, mais l'un de mes amis prétend qu'on ne les apprécie vraiment qu'en dégustant des huîtres accompagnées d'un vin blanc de qualité.

— Je ne partage pas du tout l'avis de votre ami. Un Montecristo A se suffit à lui-même. D'ailleurs, je déteste les huîtres. La dernière que j'ai mangée, il y a bien longtemps, m'a rendu tellement malade que je me suis juré de ne plus toucher à cet animal dangereux.

— Appréciez-vous d'autres formes artistiques, par exemple la danse ?

Stephen Palton fit la moue.

— Je préfère le cinéma...

— On parle beaucoup des ballets de Billy Wilton, en ce moment. N'avez-vous jamais songé à peindre un décor de scène ?

Le peintre explosa.

— En tout cas, pas pour ce minable ! Autant vous le dire tout de suite, entre lui et moi, c'est la guerre !

— Pour quelle raison ?

— Sa malhonnêteté foncière. Ce faux artiste et homosexuel à la mode a tenté de me soutirer une énorme somme d'argent pour monter un spectacle. Son projet me plaisait, et j'avais même l'intention, en effet, de peindre un décor. Mais j'ai eu la curiosité d'aller assister, à l'improviste, à une répétition... Je n'en ai pas cru mes yeux ! Des hommes nus se roulant dans la boue et peut-être dans pire, des types couverts de chaînes se courant après en hurlant des obscénités, un drogué se piquant sur scène, et je vous passe le reste ! J'y suis monté, moi, sur cette scène, et j'ai dit ce que je pensais à cette ordure de Billy. Quel dommage qu'il soit encore en activité... Mais la critique l'adore, puisqu'il lui crache sa modernité au visage et va toujours plus loin dans la puanteur.

— Vous êtes-vous revus, depuis cette altercation ?

— Heureusement, non ! Si je le croisais dans un couloir, je serais capable de lui casser la tête. Des pourris comme Wilton font de notre siècle un dépotoir et une poubelle malodorante. À cause d'eux, c'est la laideur qui s'impose partout.

— Par bonheur, la peinture figurative n'a pas totalement disparu, et j'ai même l'impression qu'elle fait un retour en force, après de longues années d'exclusion.

— Ce n'est pas faux, Lord Percival, et je m'en réjouis. Mais les artistes devront beaucoup travailler et faire preuve d'une grande humilité pour approcher, sinon retrouver, le niveau technique et les qualités d'expression de leurs glorieux aînés. Quand le temps qui passe aura dégonflé les baudruches, il sera possible de repartir dans la bonne direction.

— On m'a parlé d'un artiste méconnu mais plutôt doué, un certain Balthazar Norfolk.

Le peintre ouvrit des yeux ronds.

— Vous avez bien dit… Balthazar Norfolk ?

— Oui, c'est bien ce nom-là.

Stephen Palton éclata de rire.

22.

— Celle-là, elle est fameuse... Il ne peint quand même pas de petites aquarelles naïves, votre Balthazar Norfolk ?

— Si, précisément.

— Alors, c'est aussi le mien ! s'exclama Stephen Palton dont le fou rire fut long à se dissiper. Enfin, le mien... Ce vieux Balthazar était le conseiller spirituel de la famille, « ce cher révérend », comme l'appelait ma mère, des larmes dans la voix. Il guidait nos âmes, buvait notre whisky et se piquait de peinture. À moins que le révérend Balthazar Norfolk n'ait procédé à une véritable révolution dans sa manière de peindre, je crains qu'on ne vous ait abusé, Lord Percival. Lorsque vous verrez ses délicates et charmantes œuvrettes, vous comprendrez tout de suite qu'il est le prototype de ce que les Français appellent « le peintre du dimanche ». C'est honnête, mais sans le moindre talent.

— Si je comprends bien, vous l'avez perdu de vue.

— Après la mort de mes parents, il y a dix ans, oui. Le révérend était un homme plutôt chaleureux et sympathique, mais il ne m'amusait pas. Ma seule religion, c'est la beauté. Et je n'avais vraiment pas envie de me lancer dans de grandes controverses artistiques avec lui. Remarquez, la religion ne l'obsédait pas à plein temps.

— Que voulez-vous dire ?

— Mon père, qui était moins aveugle que ma mère, m'avait confié que le brave révérend appréciait beaucoup le charme féminin et plus particulièrement celui des jeunes filles… Sacré Balthazar ! Comment le lui reprocher ?

— Auriez-vous son adresse ?

Le peintre fut étonné.

— Vous souhaitez le voir ?

— Pourquoi pas ? Je fais confiance à votre jugement, mais j'aime autant me faire une opinion personnelle sur sa peinture.

— Un instant, je consulte mon carnet d'adresses.

Angus Dodson s'était laissé conquérir par le Montecristo A qui se consumait lentement, mais il n'en observait pas moins les expressions de Stephen Palton.

— Ah, voilà ! À l'époque du décès de mes parents, il habitait un cottage à Drexfold, à l'entrée du village. Du centre de Londres, si vous n'avez pas d'embouteillages, vous mettrez environ une heure et demie.

— Vous y êtes allé ?

— Une fois, quand j'étais gamin. J'ai gardé le vague souvenir d'un univers vieillot, bien peu attirant… Et je ne sais même pas pourquoi j'ai conservé cette adresse. Balthazar est sans doute décédé. Sinon, il ne doit pas avoir loin de quatre-vingts ans.

— Rien de particulier à nous dire sur ses goûts ou sur ses relations privilégiées ? interrogea le superintendant.

Le peintre manifesta de nouveau un étonnement certain.

— Non, rien… En fait, je le connaissais très peu. Mais pourquoi vous intéressez-vous tant à lui ?

— C'est nous qui posons les questions, monsieur Palton.

Réchauffée par la fumée des havanes, l'atmosphère se refroidit nettement.

— Parmi tous les beaux objets qu'abrite cette demeure, y a-t-il des cygnes ?

Stephen Palton mit quelques secondes à réagir.

— Des signes… À quel genre de signes ou de symboles faites-vous allusion ?

— Je veux parler de l'animal.

— Ah, des cygnes… Non, je n'en possède pas. On en a sculpté de fort beaux à la Renaissance, mais je n'ai pas encore rencontré un spécimen digne d'intérêt. Comme je fonctionne au coup de cœur, un beau cygne croisera peut-être ma route.

— Auriez-vous une feuille de papier vierge ? demanda Lord Percival.

— Oui, bien entendu… Tenez.

Le châtelain imita la signature T. E. apposée sur l'étiquette ancienne découverte chez Sandra Lockton et la montra au peintre.

— Cette signature vous est-elle familière ?

— Non… Je ne crois pas.

— Prenez votre temps.

— Je suis certain de n'avoir jamais vu cette signature. J'ai l'habitude des graphismes, et celui-là m'est inconnu.

Le Montecristo A de Stephen Palton se consumait beaucoup plus vite que celui du superintendant.

— À présent, dit Lord Percival avec gravité, j'ai deux indices à vous soumettre et je vous demande la plus grande attention.

— Oui, je veux bien… Mais comment saurais-je…

— Voici le premier.

Le chef superintendant n'approuvait qu'à moitié la démarche du châtelain, car ces deux indices auraient dû être expédiés sans délai au laboratoire de Scotland Yard. Ni l'un ni l'autre ne comportant d'empreintes intéressantes, Dodson avait cédé aux exigences de Lord Percival qui venait de confier à Stephen Palton la photographie découverte chez la première victime.

— Pouvez-vous identifier ces deux femmes ?

— Sans difficulté ! Il s'agit de Patricia Langford et de mon ex-femme, Mirella.

— À leur attitude, on jurerait qu'elles sont amies.

— Elles l'étaient, Lord Percival.

— Ce cliché date de quelques années… Dans quelles circonstances se sont-elles connues ?

— Là, vous m'en demandez trop ! Une mondanité quelconque, je suppose. Elles s'appréciaient beaucoup, sortaient souvent ensemble.

— Votre ex-femme savait-elle que vous étiez devenu l'amant de Patricia Langford ?

— Bien sûr… Elle s'en moquait complètement. Je tiens à préciser que ma liaison avec Patricia n'a débuté qu'après mon divorce. C'est elle qui a laissé les liens avec Mirella se distendre. Cette dernière avait obtenu ce qu'elle désirait : de l'argent et son confort matériel assuré jusqu'à la fin de son existence.

De la poche du gilet de son costume trois pièces en alpaga, taillé à la perfection, Lord Percival sortit la boîte en or qui servait de bourse à souverains.

— Reconnaissez-vous cet objet, monsieur Palton ?

Le peintre laissa tomber son Montecristo A sur le dallage.

— Mon Dieu, comme je suis maladroit ! Il aurait pu s'éteindre, voire se briser. Par bonheur, rien de grave…

— Votre réponse ? insista le superintendant.

— Non, non, je n'ai jamais vu cette petite boîte… Une jolie chose, c'est certain, mais je n'apprécie pas tellement le style.

— Merci pour votre coopération, dit Lord Percival. Nous nous reverrons certainement.

— Ne quittez pas Londres, ordonna le chef superintendant.

23.

Nickney ne supportant pas que l'on fumât dans son taxi, Angus Dodson avait été contraint d'éteindre son Montecristo A. Lord Percival l'avait rassuré en lui affirmant que certains amateurs de havanes, y compris des puristes, ne considéraient pas comme un crime de rallumer un cigare éteint.

— Ce peintre n'a pas cessé de mentir, estima le chef superintendant.

— Il ne nous a pas dit toute la vérité, c'est certain.

— Nous aurions pu enfoncer le clou bien davantage... Cet artiste ne me paraît pas tellement solide. Et il fume des Montecristo A...

— De toute évidence, Palton est impliqué dans cette affaire. Comme beaucoup d'éléments l'ont mis en porte à faux, il va être de plus en plus déstabilisé et malléable. Et puis nous devons vérifier son alibi. S'il a menti, comme vous le pensez, il sera en fâcheuse posture.

Le téléphone portable du superintendant sonna.

— Oui, Dodson... C'est vous, Lester... Vous avez déjà les résultats... Indubitables ? Bravo, mon garçon... Non, pas besoin de détails... Allez-y, je vous écoute.

Lester Warrington fut aussi concis que possible. La conversation à peine terminée, la sonnerie retentit de nouveau.

— Dodson… Oui, j'ai bien demandé l'adresse de Mirella Wimpole, ex-Palton… Carnaby Street, merci.

Le *black cab* se mit en route. Une modeste averse de juin venait de se terminer, et la circulation était fluide.

— Les fragments de tabac découverts chez Sandra Lockton appartiennent à un Montecristo A, révéla le superintendant. Nous pouvons donc être certains que l'assassin fumait ce type de havane.

— Cela ne me paraît pas suffisant pour arrêter Stephen Palton.

— À moi non plus, malheureusement ! Un bon avocat trouverait une dizaine d'explications.

— Pourquoi n'y a-t-il de fragments de tabac que chez Patricia Langford et Sandra Lockton ?

— Il n'y a que deux possibilités, Lord Percival : ou bien l'assassin n'a pris le temps de fumer que chez ces deux victimes-là, ou bien il ne s'est pas aperçu qu'il avait laissé cette trace derrière lui à deux endroits.

— Votre raisonnement se tient, mais quelque chose me gêne : croyez-vous qu'un assassin s'amuserait à fumer un Montecristo A sur le lieu de ses crimes ?

— Nous avons vu bien pire, vous et moi… À supposer que le tueur soit très prudent, une conclusion s'impose : il connaissait bien ses victimes et a sacrifié chez elles à son vice favori, plusieurs jours avant de revenir les assassiner. Les cendriers ont été vidés, toute odeur a disparu, mais quelques fragments de tabac, à deux endroits, ont échappé à la vigilance des ménagères.

Le châtelain n'émit plus d'objection.

— Pourquoi avez-vous choisi d'aller voir immédiatement l'ex-épouse du peintre ? lui demanda Dodson. Nous avons d'autres pistes plus brûlantes.

— L'entendre parler de son mari peut se révéler passionnant. Et nous avons un certain nombre de confirmations à obtenir.

Pour les initiés, Carnaby Street restait à jamais lié au lancement d'une des inventions les plus marquantes du XXe siècle, la minijupe, prélude à une révolution des mœurs honnie par les uns et encouragée par les autres.

L'exaltation était retombée et Carnaby Street sortie de l'actualité. Le taxi de Nickney s'immobilisa devant une banale maison de briques, néanmoins parfaitement entretenue. La sonnette en bronze doré témoignait d'un luxe discret, annonçant un intérieur de bon aloi.

Ce fut une superbe femme longiligne, aux cheveux blonds coiffés avec un savant désordre et vêtue d'une robe noire moulante, qui leur ouvrit.

Sa voix était envoûtante et suave, avec des tonalités d'alto.

— À qui ai-je l'honneur ?

— Lord Percival Kilvanock et chef superintendant Angus Dodson, de Scotland Yard.

Les grands yeux brun clair, délicatement maquillés, eurent une expression de surprise.

— La police, chez moi… Pour quelle raison ?

— Rassurez-vous, madame. Il s'agit de votre exmari.

— Stephen ? Il ne lui est rien arrivé de grave, j'espère !

— Non, mais nous entretenir avec vous nous semble indispensable.

— Je m'apprêtais à sortir, mais…
— Nous tâcherons d'être aussi brefs que possible.
— Bien, entrez.
Tout était blanc.
Les murs, la moquette, les meubles, les lustres, les abat-jour, les rideaux, les sculptures abstraites… Du blanc, rien que du blanc, à l'exception de la robe noire de la maîtresse des lieux.
— Après mon divorce, expliqua-t-elle, j'ai acquis les trois étages de cette maison et j'ai fait abattre des cloisons pour organiser un agréable espace à vivre. Au rez-de-chaussée, salon, salle à manger et cuisine ; au premier, bibliothèque et discothèque ; au second, chambres et salles de bains ; au troisième, pièces de rangement. J'aime cet endroit et ce quartier ; l'extérieur n'est pas brillant, mais qu'importe !
Elle était la légèreté même, chacun de ses gestes possédait une grâce particulière. Mirella Wimpole évoluait comme une danseuse, mais sans aucun maniérisme.
— Que puis-je vous offrir, messieurs ? Du thé, du porto, du whisky ou, plus original, un alcool de framboise monté en glace ?
— Votre dernière proposition est très tentante.
Dodson garda le reste de son Montecristo A au fond de sa poche et vérifia que sa rose micro fonctionnait. En dépit de sa classe innée, Mirella Wimpole ne se montrait pas hautaine ; peut-être accepterait-elle de répondre sans trop de difficultés aux questions qui lui seraient posées.
Bien entendu, les assiettes étaient blanches et les manches de cuiller en nacre.
— Délicieux, jugea le châtelain.
— Pardonnez-moi d'être si directe, Lord Percival, mais votre costume est un petit chef-d'œuvre. Pour-

rais-je connaître le nom de votre tailleur, simplement pour le féliciter ?

— Un vieil ami, dans Regent Street… Il rougirait de timidité, si je le trahissais. Permettez-moi de vous imiter, madame : pourquoi cette robe noire dans cet univers de blancheur ?

— J'ai envie de vous répondre : pour ne pas m'y perdre moi-même, mais ce ne serait qu'une boutade… En réalité, cette demeure est simplement un havre de paix, et je ne connais rien de plus reposant que la blancheur. Quant à moi, je m'habille aussi en rouge ou en vert… À présent, si vous me révéliez le véritable motif de votre visite ?

— Nous enquêtons sur une série de meurtres.

24.

Le sourire de Mirella Wimpole disparut.

— Mais… c'est horrible ! Et pourquoi avez-vous parlé de Stephen ?

— Parce que votre ex-mari pourrait être mêlé à ce drame de près ou de loin.

— Stephen ? Impossible ! On voit que vous ne le connaissez pas.

— Précisément, nous avons besoin de vous pour apprendre à le connaître et distinguer le vrai du faux.

Une lueur d'inquiétude passa dans les grands yeux brun clair de Mirella Wimpole.

— Dites-moi la vérité, Lord Percival… Avez-vous arrêté Stephen ?

— Non, madame. Mais nous avons besoin d'éclaircir certains points.

— Pourquoi le soupçonnez-vous ?

— Parce que le nom de la première victime du tueur en série est Patricia Langford.

Le monde sembla s'écrouler sur la belle femme blonde.

— Patricia… Patricia Langford… Vous ne vous trompez pas…

— Hélas ! non.

Mirella Wimpole se détourna quelques instants pour cacher ses larmes.

— Elle était mon amie, dit-elle dans un souffle.

— N'avait-elle pas trahi cette amitié ?

— C'est le destin qui nous a trahies, elle et moi... Après le divorce, elle est tombée dans les bras de Stephen qui était aussi perturbé que moi. Après tant d'années passées ensemble, ce fut une rude épreuve. C'est bizarre, mais lors d'un divorce, même vos meilleurs amis s'écartent de vous, comme si vous souffriez d'une maladie honteuse.

— Vous avez dû la détester ?

— Ah ça, oui ! Au moment où j'avais besoin d'aide et de réconfort, elle n'a pas trouvé mieux que de devenir la maîtresse de mon ex-mari... Et c'est elle qui a volontairement distendu nos liens, de peur de ma réaction.

— Comment avez-vous appris cette liaison ?

— Par Stephen et par Patricia eux-mêmes... Ils n'ont été ni hypocrites, ni menteurs. C'était une maigre consolation, mais j'ai apprécié leur franchise.

— Êtes-vous certaine que leur liaison n'avait pas débuté avant votre divorce ?

— Absolument certaine, Lord Percival. Sans vouloir être vaniteuse ou m'illusionner sur mes capacités, je l'aurais senti.

— Si votre ex-mari avait décidé de se remarier avec Patricia Langford, auriez-vous été jalouse ?

— Comme une tigresse ! Jalouse, humiliée, peinée... Patricia était belle, intelligente et ambitieuse, c'est vrai, mais pourquoi Stephen aurait-il agi ainsi ? J'ai huit ans de plus qu'elle, bien sûr...

— Sans vouloir énoncer une platitude ou vous adresser un compliment hypocrite, madame, personne ne s'en serait douté.

Mirella Wimpole rosit.

En son for intérieur, Angus Dodson approuva le châtelain. L'ex-épouse du peintre était une femme magnifique dont la puissance de séduction ne pouvait laisser personne indifférent.

— L'heure est peut-être mal choisie, mais un peu de dom Pérignon vous ferait-il plaisir ?

— J'ai le sentiment que vous m'avez percé à jour, avoua Lord Percival.

Cet exceptionnel champagne était fidèle à sa réputation.

— Je n'ose vous demander l'autorisation de fumer, avança prudemment Dodson.

— Si vous pouviez vous en dispenser, superintendant, je vous en saurais gré. La fumée me rappelle trop de souvenirs…

— Votre mari appréciait-il le tabac ?

— Une seule sorte de tabac et une seule sorte de cigare : le Montecristo A. Son odeur a parfumé nos jours et nos nuits.

— Puis-je aborder un sujet particulièrement douloureux ? demanda Lord Percival.

— Je vous écoute.

— Vous et votre mari avez parcouru un long chemin ensemble, probablement connu des moments difficiles jusqu'à ce qu'il devienne célèbre…

— À juste titre, interrompit Mirella Wimpole. J'aime des peintres au talent très différent de celui de Stephen, mais j'estime qu'il est traité de manière partiale et injuste par la critique. Dans quelques années, on rétablira la vérité et une pléiade d'imbéciles malhonnêtes sera montrée du doigt.

— Vous vous montrez fort peu critique envers Stephen Palton.

— À quoi cela servirait-il ? Il a ses défauts, j'ai les miens, et nous ne vivons plus ensemble à cause d'eux.

— Il se montre beaucoup plus sévère à votre égard.

— Je sais, Lord Percival, je sais… Il m'a souvent traitée de folle et d'hystérique, de femme invivable et impossible parce que je me préoccupais trop de lui, de ses affaires, de sa peinture… Mais pouvais-je rester indifférente à l'œuvre qui s'élaborait devant mes yeux ? J'aurais dû demeurer davantage dans l'ombre, me comporter comme une servante soumise, mais ce n'est pas dans mon caractère.

— Votre mari s'est-il laissé aller à des… violences ?

— Oh non, Lord Percival ! Stephen est un homme expansif, volubile, parfois colérique, mais il a le culte de la beauté et, pour lui, elle trouve sa parfaite incarnation dans la femme. J'ai la faiblesse de croire qu'il m'a jugée belle et je peux vous jurer qu'il n'a jamais porté la main sur moi ni sur aucune autre femme. Et je suis persuadée qu'il ne le fera jamais.

— Avez-vous revu Stephen Palton, après votre divorce ?

— Uniquement à la télévision. Je suis heureuse de constater qu'il continue à avoir du succès et que notre séparation ne pèse pas sur sa carrière.

— Votre ex-mari prétend que, lors des discussions autour du divorce, vous ne souhaitiez qu'une chose : suffisamment d'argent pour assurer votre confort matériel.

— C'est exact. Pour être en permanence à ses côtés, j'ai renoncé à travailler et à tenter des expériences professionnelles. Lorsque le désastre m'est apparu inévitable, j'ai pris peur et je me suis vue seule, pauvre et vieille. J'ai fait part de mon angoisse à Stephen, il m'a écoutée et son comportement fut impeccable : la moitié de sa fortune et de nombreux tableaux.

— Les avez-vous vendus ?

— Non, ils sont exposés au deuxième étage de ma maison. Vous aimeriez les voir ?

— Bien entendu.

Mirella Wimpole précéda les deux policiers. La rambarde de l'escalier et les marches étaient blanches.

— Grâce à la générosité de Stephen, précisa son ex-épouse, je ne me fais plus aucun souci pour l'avenir et j'attends la vieillesse avec sérénité. J'ai pu acheter cette maison, la décorer, réaliser de bons placements et je me rends de temps à autre au Maroc, un pays que j'adore. Que demander de plus à la vie ? Si je peux garder les tableaux de Stephen, je serai comblée.

Angus Dodson n'était pas un grand amateur de peinture. Mais quand il découvrit la collection de Mirella Wimpole, il fut ébloui.

25.

Natures mortes, paysages du Sussex, bords de la Tamise à Greenwich, la côte à Douvres… Tout était superbe. À la rigueur du trait, digne des classiques, s'ajoutait la chaleur d'une palette de couleurs très variées.

Seuls deux tableaux gênèrent un peu le superintendant. Ils représentaient une femme nue, allongée sur l'herbe, séductrice en diable.

Sans nul doute, il s'agissait de Mirella Wimpole.

— Vous avez raison, constata Lord Percival : la critique est injuste et stupide.

Le châtelain et le policier admirèrent longuement les œuvres de Stephen Palton.

— Pardonnez-nous… Nous vous avions promis de ne pas vous retenir longtemps, et nous nous laissons captiver !

— Des millions de gens réagissent comme vous, Lord Percival. C'est la raison pour laquelle Stephen est si populaire dans de nombreux pays. Les besogneux et les intellectuels desséchés ne le lui pardonnent pas.

— Vous souhaitiez sortir…

— Des courses que je ferai plus tard… C'est sans importance.

— Pouvez-vous nous accorder encore quelques instants ?

— Bien entendu.

Le trio retourna dans le salon où Mirella Wimpole remplit les flûtes de dom Pérignon.

— Le dernier de cette qualité que j'ai eu l'occasion d'apprécier, indiqua Lord Percival, m'a été servi dans un restaurant de fruits de mer où les huîtres étaient à la hauteur.

— Stephen en avait horreur, dit Mirella Wimpole. Elles le rendaient malade.

— Nous avons cru comprendre que votre ex-mari et un danseur du nom de Billy Wilton ne s'entendaient pas très bien.

— C'est le moins que l'on puisse dire, Lord Percival ! Entre ces deux hommes, il n'y a que de la haine. Inutile de tenter la moindre réconciliation.

— Que s'est-il passé ?

— Une histoire plutôt sordide... Billy Wilton a su que Stephen s'intéressait au monde du spectacle et qu'il avait l'intention de réaliser un décor. Il lui a proposé un thème de ballet en lui mentant sur ses véritables intentions, Stephen s'en est aperçu et il a refusé de financer un projet qu'il jugeait lamentable.

— Était-ce votre avis ?

— D'après ce que m'a raconté Stephen, le ballet de Billy Wilton ne ressemblait pas au Lac des cygnes ! Puisque vous connaissez ses tableaux, vous comprendrez aisément que les provocations gratuites de l'art moderne ne l'amusent pas. Stephen a coupé les vivres, Wilton est devenu fou furieux et l'a menacé des pires représailles. Finalement, le spectacle n'a pas été monté et le chorégraphe a descendu la pente... Wilton ne refait surface que depuis deux ou trois ans et il ne s'est pas calmé, d'après les articles qui parlent de ses ballets.

— Êtes-vous allée les voir ?

— Je ne suis pas opposée aux révolutions artistiques, Lord Percival, mais j'ai horreur de la vulgarité.

— Si Wilton pouvait nuire à votre ex-mari, il n'hésiterait pas.

— C'est certain !

— Est-il assez intelligent pour monter une machination contre Stephen Palton ?

— Je ne le connais pas assez pour être affirmative.

— Billy Wilton n'éprouve guère de goût pour les femmes, paraît-il.

Mirella Wimpole sourit.

— C'est un homosexuel notoire et branché. Il revendique haut et fort sa différence, et il n'hésite pas à proclamer que l'hétérosexualité est une maladie. Dans une interview récente, il a déclaré que l'homosexualité était l'avenir de la planète et qu'elle seule parviendrait à résoudre le problème de la natalité galopante.

— N'est-il pas lié à Alison Keat ?

— Ce nom m'est inconnu, Lord Percival.

— J'ai omis de vous féliciter pour le choix des cadres de vos tableaux... Ce sont de petites merveilles !

— Je n'y suis pour rien : c'est l'œuvre de Dick Aldwych, l'ancien encadreur de Stephen. Un véritable génie dans sa branche, mais quel sale caractère ! Il n'en faisait qu'à sa tête, et pas question de lui imposer un projet ! Il décidait de tout, et le résultat était toujours superbe, j'en conviens. Quantité de peintres ont fait appel à ses services, mais il se moquait de la notoriété des artistes ou des sommes offertes et ne travaillait qu'en fonction de son désir d'encadrer un tableau. Et, soudain, il a disparu ! Toutes ses commandes avaient été exécutées, l'atelier était fermé, et personne ne l'a jamais revu.

Grâce à un appel téléphonique du superintendant, intrigué par le personnage d'Aldwych, les limiers du Yard étaient déjà sur la piste de l'ex-encadreur. Même s'il était parti pour l'étranger, on finirait par retrouver sa trace.

— Monsieur Aldwych aurait-il pu devenir un ennemi de Stephen Palton ?

— Dick Aldwych admirait mon mari et n'a jamais refusé d'encadrer une de ses toiles. Non, je ne crois pas que votre hypothèse soit acceptable. Lui et Stephen se sont toujours très bien entendus.

— Mais Aldwych a tout de même disparu d'une manière bien surprenante, objecta Dodson, comme s'il avait quelque chose à se reprocher ou à se faire pardonner.

— Je n'avais jamais réfléchi à cet événement sous cet angle...

— Un ou plusieurs détails ne vous reviennent-ils pas en mémoire ?

Mirella Wimpole se passa la main dans les cheveux.

— Non, je ne vois pas.

— Avez-vous connu le révérend Balthazar Norfolk ?

— Il est venu à l'une des expositions londoniennes de Stephen qui n'a pas paru enchanté de le revoir. C'est un homme sympathique, un peu exubérant, qui s'est présenté comme peintre et conseiller spirituel de la famille Palton. Son discours a visiblement énervé Stephen qui n'éprouve pas un grand attrait pour la religion... J'ai dû prendre en charge le révérend et subir son babillage.

— Que vous a-t-il raconté ?

Mirella Wimpole eut un petit rire.

— Pour être franche, je ne l'ai pas écouté ! Pendant qu'il parlait, je regardais les tableaux. Lorsqu'il s'est arrêté, nous nous sommes salués, et il a entrepris une jeune femme qui semblait un peu perdue.

— Votre mari vous a-t-il fait des confidences à son sujet ?

— Quand j'ai demandé à Stephen pourquoi il s'était comporté de manière aussi impolie avec ce révérend, il m'a simplement répondu : « c'est un sale bonhomme », et je n'en ai pas su davantage.

— À quelle date a eu lieu l'exposition que vous évoquez ?

— Il y a trois ans, au mois de mai. Ce fut un très grand succès de vente et, comme d'habitude, la critique s'est déchaînée.

— Monsieur Palton en souffrait-il ?

— Il s'en moquait complètement.

— Je dois vous montrer un objet qui est peut-être un indice majeur pour notre enquête et vous demander si vous le connaissez.

Lord Percival sortit de la poche de son gilet la bourse à souverains.

Les lèvres de Mirella Wimpole se crispèrent, son regard chavira et sa voix changea de timbre.

— Non, non… Je n'ai jamais vu cette chose.

— Regardez bien cette boîte en or, insista le châtelain. Vous est-elle vraiment inconnue ?

— Oui, oui… À présent, messieurs, excusez-moi. Je reçois des amis ce soir et je dois faire quelques courses.

26.

— Mirella Wimpole a menti, estima le chef superintendant. Elle a reconnu cet objet et elle a été tellement secouée qu'elle n'a eu d'autre solution que de nous mettre à la porte.

Lord Percival opina du chef.

— Soit elle est mêlée de près à cette affaire, soit elle cherche à dissimuler quelque chose d'important. Et comme Palton a eu la même réaction de gêne face à la boîte à souverains, soit c'est lui-même qui est en cause, soit une personne que lui et sa femme ont fréquentée et qu'ils veulent protéger.

— On ne saurait mieux résumer la situation, mon cher Dodson.

Lord Percival se retourna une nouvelle fois.

— Vous avez toujours l'impression que nous sommes suivis ?

— Une impression bien vague... Et puis nous pouvons faire confiance à Nickney. Pour lui, rompre une filature est l'enfance de l'art.

— Pourquoi souhaitez-vous aller au British Museum ? Sauf votre respect, il me semble que nous avons des tâches plus urgentes.

— Détrompez-vous, superintendant : je veux

résoudre au plus vite l'énigme de T. E., et l'un de mes vieux amis nous donnera peut-être la solution.

Dans son antre composé de plusieurs pièces et situé sous les combles de l'auguste British Museum, Jason MacFerryman poursuivait l'un des plus beaux rêves scientifiques : retrouver les racines communes et les lettres mères de toutes les langues parlées. Disposant d'une immense documentation, Jason MacFerryman était un travailleur infatigable qui, de temps à autre, publiait un article tellement érudit que seuls deux ou trois spécialistes pouvaient en comprendre une partie. Mais ses recherches avançaient, et il ne désespérait pas d'écrire les deux ou trois premières pages de sa Grammaire universelle avant de rejoindre le créateur pour lui extirper la clé ultime.

Comme Jason MacFerryman portait toujours une robe de bure, on l'avait appelé « le moine » sans que personne parvînt à préciser à quel ordre religieux il appartenait. Son habit ne l'empêchait pas de succomber à deux passions : le nougat dur de Montélimar et le saint-émilion dont la fréquentation assidue lui éclaircissait l'esprit en cas de difficulté majeure.

Une sonnerie l'avertit que quelqu'un montait vers son repaire. Grâce à son système de télé-surveillance, l'érudit identifia Lord Percival et Angus Dodson.

Jason MacFerryman ouvrit sa lourde porte blindée.

— Ce vieux Percival ! Toujours chevalier de la Table Ronde ?

— On ne se refait pas, Jason.

Étant donné que MacFerryman était un véritable Falstaff, ses tapes amicales ébranlaient sérieusement leur heureux bénéficiaire. L'Écossais tint le choc.

— Un crime sur les reins, je parie ?

— S'il n'y en avait qu'un…

— Ah… Ça semble sérieux. Il ne s'agit quand même pas d'un tueur en série ?

— Dodson et moi craignons que si.

— C'est à croire que Jack l'Éventreur n'aura jamais fini de faire des émules ! Bon, commençons par nous remonter le moral.

Jason MacFerryman ouvrit un coffre de bois du XIIIe siècle qui avait appartenu à un noble épris de bon vin et en sortit une bouteille qu'il caressa avec tendresse.

— Ma dernière découverte… Il y a plus charnu, plus long en bouche, d'autres robes sont plus attirantes, mais… goûte-moi ça.

Le moine déboucha le grand cru avec lenteur et versa le précieux breuvage dans un verre à pied ancien.

Lord Percival en but une gorgée.

— Remarquable.

— Alors ?

— J'hésite entre trois possibilités.

— Jette-toi à l'eau.

— Lalande-de-pomerol 1952.

— Exact. Nous pouvons rester amis !

Jason MacFerryman remplit les verres.

— C'est une petite infidélité au saint-émilion, mais il faut parfois tenter des aventures.

— Où en sont tes recherches ?

— Je bute encore sur ce fichu problème de l'écriture proto-crétoise et il reste quelques difficultés du côté des premiers signes chinois, mais j'ai bon espoir de relier ce que j'appelle les phonèmes transculturels. Le tout, c'est de ne pas se précipiter. Et tes cadavres ?

— Quatre femmes et un homme.

— Pour le coup, tu ne fais pas dans la dentelle !

Lord Percival montra au moine l'étiquette signée T. E.

— Une pièce ancienne… Une pièce de collection, avec des inscriptions effacées mais qui doivent être lisibles au microscope… Et une signature moderne, toute récente.

— De collection, dis-tu ?

— Cette étiquette provient du fond d'un chapeau de grande valeur, fabriqué à la main. Un instant…

L'examen du moine ne prit que quelques minutes.

— Cette étiquette date de la fin du XVIIIe siècle, et le chapeau a été fabriqué par un artisan londonien qui travaillait à la commande pour les nobles. Pour un capillabélophile, c'est une pièce superbe.

— Capillabélophile ?

— Un collectionneur d'étiquettes de fond de chapeau. Ton T. E. doit être l'un des représentants de cette corporation mal connue.

— Existe-t-il une association de capillabélophiles ?

— Bien entendu, mais nous pouvons peut-être gagner du temps.

Dans son antre, le moine avait rassemblé tous les dictionnaires et tous les annuaires existant, soit sous forme de volumes, soit de mémoires d'ordinateurs.

L'annuaire mondial des capillabélophiles n'avait pas échappé à son attention.

— Je crois que j'ai ton T. E., annonça-t-il avec fierté. En fait, il en existe trois : Tamoura Enikalong, un riche Malais décédé l'année dernière ; Tanaka Enkido, un Japonais de quatre-vingt-douze ans qui vit à Kyoto ; et Thomas Edward, un fonctionnaire londonien. Comme Enkido aurait signé avec des caractères japonais, je pense que Thomas Edward est le bon cheval.

— Un capillabélophile a-t-il l'habitude de signer ses étiquettes ?

— Certes pas… C'est tout à fait bizarre.

— Aurais-tu une hypothèse à me fournir ?

— Pas la moindre… À toi de faire ta part de travail. Ah… N'oublie pas son adresse : 12, Heatherington Street.

27.

L'adresse du danseur et chorégraphe Billy Wilton n'avait pas été difficile à trouver : dans chacune de ses interviews écrites ou audiovisuelles, il ne manquait pas de rappeler qu'il habitait une péniche multicolore, la plus éclatante de Little Venice, au nord de Paddington. Dans ce réseau de canaux très bucolique, plusieurs artistes avaient pour domicile ces embarcations fleuries, dotées de tout le confort.

Dodson avait réussi à joindre Billy Wilton à qui il avait annoncé la venue imminente de Scotland Yard.

Un homme d'une quarantaine d'années, blondinet, de taille moyenne, aux traits fins d'éphèbe grec, couvert de bijoux fantaisie, vêtu d'un short orange et d'une chemisette rose gaufrée, les attendait de pied ferme.

— Et voilà les flics ! glapit-il d'une voix aux aigus agressifs. Je vous préviens : si vous me brutalisez, toute la presse sera ici dans cinq minutes !

— Ce n'est pas notre intention, le rassura le châtelain. Je suis Lord Percival Kilvanock, et voici le chef superintendant Angus Dodson.

Désorienté, Billy Wilton se gratta le front.

— Un aristocrate et une huile du Yard… Qu'est-ce que vous me voulez, au juste ?

— Nous avons besoin de votre témoignage.

— Je n'ai pas l'habitude d'aider la police... Vous avez vu mon ballet « Cochons, sexe et répression » ? J'aime mieux vous dire que les flics de tout poil en prennent un sale coup !

— Il s'agit de cinq meurtres, précisa Dodson, irrité.

— Ça commence à faire... Mais quel intérêt pour moi ?

— Vous pourriez être concerné de très près.

Le visage fermé du superintendant et sa puissance physique impressionnèrent le danseur. L'aristocrate était un bel homme, certes, mais l'huile du Yard avait un charme brutal et inhabituel.

— Je ne vois pas pourquoi ! Venez en discuter chez moi, et nous dissiperons vite ce malentendu.

L'intérieur de la péniche multicolore avait été aménagé à la mode orientale, avec une multitude de coussins bariolés, des poteries, des tables et des tapis marocains. Au milieu du salon, une salle de bains faisait aussi office de hammam. Sur les murs imitant la terre ocre, des photos de danseurs en pleine action dont la plupart étaient sérieusement dévêtus.

Billy Wilton s'effondra sur un canapé en bois de santal.

— Si vous voulez fumer, j'ai un super-haschich que je fais venir directement de Marrakech... Mes copains m'en disent le plus grand bien.

— Sans façon, répondit Lord Percival. Permettez-moi de vous demander toute votre attention, monsieur Wilton. Je vais vous citer cinq noms et j'aimerais savoir si vous connaissez une ou plusieurs de ces personnes : Patricia Langford, Arielle Drugan, Sandra Lockton, Dorothy Bridge et Theobald Dixter.

L'Écossais avait parlé très lentement, et Dodson avait observé le visage du danseur dont l'expression s'était figée. En dépit de son allure exaspérante, Wilton ne manquait pas de sang-froid.

— Eh bien voilà, messieurs, notre entretien est terminé. Je ne connais pas ces gens-là.

— Pourtant, l'une de ces personnes vous connaissait.

Le danseur parut piqué au vif.

— Vous avez une preuve ?

— Arielle Drugan possédait un billet d'entrée pour votre spectacle.

Billy Wilton se tapa sur les cuisses.

— Vous parlez d'une preuve ! Il y a des milliers de gens dans ce cas-là !

— Certes, mais sur ce billet, il y a aussi un cœur transpercé d'une flèche, pointe en bas. Un signe de rupture, ne croyez-vous pas ?

— Votre Arielle Drugan, c'est bien une femme ?

— En effet.

— Alors, aucune liaison possible entre elle et moi ! J'ai toujours été homosexuel, Lord Percival, et je suis même un militant très actif !

— Miss Drugan est peut-être tombée amoureuse de vous.

— C'est son problème, pas le mien.

— Supposez que vous vous soyez débarrassé d'une personne encombrante…

— Ça ne tient pas debout… Et puis, prouvez-le !

Lord Percival montra au danseur la bourse à souverains.

— Avez-vous déjà vu cet objet ?

— Non. Toutes ces personnes dont vous citez les noms… Ce sont… des victimes ?

— Des victimes égorgées avec sauvagerie, précisa Angus Dodson. Vous voulez des détails ?

Le danseur fut horrifié.

— Non, bien sûr que non !

Billy Wilton se précipita sur une fiole en terre cuite, ôta le bouchon et but une gorgée d'alcool de figues.

— Je suis un artiste, moi, je travaille avec ma sensibilité… Vous n'avez pas le droit de me traiter de la sorte !

— Où vous trouviez-vous lundi dernier entre 1 heure et 9 heures du matin, et jeudi, aux mêmes heures ?

La sévérité d'Angus Dodson était à la fois inquiétante et rassurante.

— Il m'est très facile de vous répondre, superintendant : je dormais. En ce moment, je danse dans mon dernier spectacle qui se termine à minuit. Pour être en forme, j'ai besoin de beaucoup de sommeil. Dès la fin du ballet, je rentre chez moi, je mange quelques gâteaux secs et je me couche.

— Un témoin pourrait-il corroborer vos dires ?

— Malheureusement non… En ce moment, je vis seul. Ce n'est pas habituel, mais je me remets d'une rupture avec un Pakistanais intégriste dont je ne partageais pas toutes les idées. Il est reparti pour son pays, et moi, je danse de manière sublime en souvenir de notre passion.

— Collectionnez-vous des figurines de cygne ? demanda Lord Percival.

— Ah non… Mais vous me donnez une idée ! Ça doit être ravissant.

— Je suppose que le tabac, fût-il celui des cigares, est déconseillé aux danseurs.

— Certains ne s'en privent pourtant pas, mais ils ont tort. Un peu de drogue, d'accord, mais ni cigare ni cigarette. C'est catastrophique pour le teint et l'élasticité des tissus. Personne ne connaît les exigences et les vraies difficultés de notre métier… En plus, moi, je ne me contente pas de danser, je suis aussi un créateur qui refuse les idées toutes faites et les sentiers battus ! Mon prochain ballet dénoncera les grands capitalistes qui exploitent le tiers-monde et les minorités opprimées. Et je dirai tout, sans la moindre pudeur !

— Aimez-vous la peinture ?

Le chorégraphe se renfrogna.

— J'ai eu trop d'expériences malheureuses dans ce domaine.

— Par exemple avec Stephen Palton ?

Les yeux bleu pâle de Billy Wilton virèrent au gris.

— Vous connaissez cette ordure ?

28.

— Nous avons eu à l'interroger, révéla Lord Percival.

Le danseur explosa de joie.

— Ça, c'est formidable ! Alors, ne cherchez pas plus loin votre assassin ! C'est lui, ce ne peut être que lui !

Billy Wilton jaillit du canapé bas, esquissa un entrechat, virevolta sur lui-même et bondit sur une pile de coussins où il s'étala sur le dos, les bras en croix.

— J'en étais sûr ! J'étais sûr que ce bandit paierait ses crimes !

— Vous l'accusez formellement ? demanda Dodson.

Le danseur se redressa.

— Mais bien sûr ! Je l'accuse formellement d'avoir tenté de briser ma carrière en refusant de me donner les fonds qu'il m'avait promis pour monter un ballet génial. J'ai cru que j'allais en mourir, mais j'ai tenu la barre et, aujourd'hui, je lui jette mon succès à la figure.

— D'après Stephen Palton, vous aviez quelque peu maquillé votre véritable projet.

— C'est cet imbécile de peintre académique qui n'avait rien compris ! Il n'a pas voulu m'écouter, me laisser parler sur le rapport entre la forme et le sens induit… Au lieu de ça, il a pris sa moto et il est venu espionner ma troupe lors d'une répétition !

— Une moto, dites-vous ?

— Palton était un fanatique de vitesse ! Avec sa combinaison et son casque noirs, on le prenait pour un ange de la mort… Un vrai démon, en réalité, un médiocre dont la violence s'exerce contre les vrais artistes ! Les critiques ont bien raison de le descendre en flammes, et je lis leurs papiers avec délectation. Comme Palton est hypersusceptible, ça doit lui ronger la santé. Toutes ces personnes qu'il a égorgées… Elles ont dû lui dire que ses tableaux étaient nuls !

— L'avez-vous revu, depuis votre différend ?

— Heureusement non ! Si je trouvais Palton agonisant dans un fossé, je me garderais d'appeler du secours et j'assisterais à ses derniers moments avec un plaisir évident.

— Son épouse ne vous a-t-elle pas soutenu ?

Billy Wilton eut une moue dégoûtée.

— Elle… D'abord, c'est une femme. Ensuite, elle est horrible comme la plupart des femmes, et elle ne pensait qu'à encourager la triste carrière de son mari. Non, cette harpie ne m'a pas du tout soutenu ! De toute manière, comment Mirella pourrait-elle avoir du goût pour l'art véritable ? Les tableaux de son mari lui ont irrémédiablement gâché la vue.

— Vous savez peut-être qu'ils ont divorcé.

— Bien sûr, c'était dans tous les journaux à scandales ! Et ça m'a fait rudement plaisir… L'affreuse Mirella ne pourra plus compter que sur elle-même, et le maudit Stephen a perdu sa meilleure alliée. Il va forcément dépérir pendant que moi, je grandirai.

Le danseur s'empara d'une gargoulette.

— Vous voulez de l'eau fraîche citronnée ?

Les deux enquêteurs déclinèrent la proposition. Wilton se désaltéra avant de s'asseoir en scribe sur un superbe tapis berbère.

— Merci de m'apprendre cette merveilleuse nouvelle, messieurs. Dommage que la pendaison et la décapitation n'existent plus ! J'aurais volontiers assisté à l'exécution de Stephen Palton.

— Pour le moment, il n'est que témoin, précisa Dodson.

— Il ne le restera pas longtemps, vous verrez ! C'est lui, ce ne peut être que lui… Écoutez mon intuition artistique, elle ne me trompe jamais.

— Avez-vous croisé Dick Aldwych ? interrogea Lord Percival.

— L'encadreur ? Non, mais il avait une excellente réputation, en dépit de son sale caractère. Réputation usurpée, puisqu'il travaillait pour Palton. Un véritable artiste aurait refusé d'encadrer de telles croûtes !

— Vous ne savez rien de plus sur lui ?

— Non, sauf qu'il a brusquement disparu… Mais vous m'y faites penser ! C'est sûrement Palton qui l'a supprimé parce que l'encadreur ne lui plaisait plus. C'est tout à fait dans sa manière. Cherchez bien, et vous pourrez lui mettre un crime de plus sur le dos !

— Nous vérifierons, promit le superintendant, comme pour le révérend Balthazar Norfolk.

Le regard du chorégraphe se fit interrogatif.

— D'où sortez-vous ce bonhomme-là ?

— Vous auriez pu le rencontrer dans l'entourage de Stephen Palton.

— Je ne fréquentais pas cet entourage-là, croyez-moi ! Et voilà un religieux… Palton doit aimer les bondieuseries, bien entendu ! Ça va bien avec son art bourgeois et conventionnel.

— J’en conclus que vous n’êtes pas croyant, monsieur Wilton.

— Vous n’avez pas dû voir mon ballet intitulé « Sexe, Dieu et la reine » ! J’y démontre, de façon éblouissante et définitive, que Dieu est contre-révolutionnaire et n’a existé que pendant une brève période, que la reine est une social-traîtresse et que le monde entier n’est qu’un gigantesque sexe qui a englouti Dieu lors du déluge et qui engloutira la reine lors de l’Apocalypse.

— Étonnant, reconnut Lord Percival. N’est-ce pas également la théorie de Thomas Edward ?

Le danseur parut contrarié.

— Jamais entendu parler… Ce doit être un plagiaire, et je lui ferai un procès ! Toutes mes créations sont originales.

— Pourquoi avez-vous fait appel aux services d’Alison Keat ? interrogea le châtelain.

Dodson pensa que l’Écossais jetait une bouteille à la mer. La réaction de Billy Wilton l’étonna.

— Comment avez-vous appris cela ? Ah, quelle sale petite bonne femme ! Je lui avais pourtant ordonné de garder sa langue.

— Ce n’est pas si grave…

— Comment, ce n’est pas si grave ! Je lui avais demandé de s’occuper de mon image, elle a lamentablement échoué et elle ose se servir de mon nom pour faire de la publicité !

— Rassurez-vous, Miss Keat n’est pas allée aussi loin.

— Ah… Avec les femmes, on ne peut vraiment pas avoir confiance. J’aurais dû me méfier, mais j’ai encore été naïf. La prochaine fois, je consulterai un homme. Vous ne pouvez pas savoir à quel point cette histoire m’a énervé ! C’est vraiment difficile d’avoir du génie, de nos jours, mais je continuerai. Si vous n'avez pas d'autres questions à me poser, j'aimerais bien me préparer pour mon spectacle.

— Inutile de vous préciser que cet entretien doit rester confidentiel, indiqua Angus Dodson avec rudesse.

— Vous ne croyez pas que...

— Si, Wilton. Je crois que vous allez vous jeter sur le téléphone pour alerter la presse à propos des ennuis de Stephen Palton et ajouter quelques informations fantaisistes... Je vous déconseille formellement cette démarche. Elle vous attirerait de graves ennuis.

29.

— Il n'y a plus aucun doute, dit Nickney. Nous sommes suivis par une Rover gris métallisé.

Angus Dodson était furieux.

— J'organise une interception.

— Il y a une meilleure solution, suggéra Lord Percival.

Nickney opina du chef et accéléra brusquement.

Un instant, le suiveur crut avoir perdu le taxi qui venait de virer sur l'aile avec une maestria surprenante. Mais la Rover l'imita sans difficulté et garda en ligne de mire le *black cab* qui s'enfonça dans un quartier populaire.

Sans aucun doute, les enquêteurs venaient de recevoir une information importante et s'empressaient d'aller la vérifier.

Ce n'était pas le moment de les perdre de vue.

Le taxi s'immobilisa dans une ruelle bordée de fabriques désaffectées. Seul Lord Percival Kilvanock en descendit pour s'engouffrer dans un bâtiment de briques noircies aux vitres brisées.

Le suiveur gara sa Rover à bonne distance et contourna le pâté de maisons pour pénétrer dans le bâtiment par une autre issue qu'il découvrit sans peine.

L'endroit était sinistre, froid et humide. De violents courants d'air le traversaient. Ici et là, des machines rouillaient.

Les pas de Lord Percival résonnaient : aucune difficulté pour le repérer. Le châtelain avait probablement rendez-vous avec un indicateur qui le mettrait sur une piste qu'il faudrait exploiter avant lui.

Soudain, le silence.

Le suiveur regarda autour de lui.

Où était passé Lord Percival ?

Sans bruit, l'homme se déplaça sur sa gauche et faillit tomber dans un trou rempli d'une vieille huile noirâtre.

— Faites attention, mon brave, l'endroit n'est pas sûr.

Le suiveur se retourna et vit le châtelain, souriant.

— Auriez-vous l'amabilité de me dire qui vous êtes et pourquoi vous me suivez ?

L'homme mit la main droite dans la poche de sa veste.

— Désolé, mais vous n'auriez jamais dû voir mon visage...

Il allait tirer à travers le tissu, lorsque le bras puissant de Dodson lui enserra la gorge.

— Lâchez ça, mon gaillard, et tout de suite !

Extraite de la poche, l'arme tomba à terre.

Une mini-cartouche de gaz asphyxiant.

« Moins percutant qu'une balle, pensa Lord Percival, mais tout de même désagréable. »

— Votre identité, exigea Dodson.

— Je dois garder le silence, dit le suiveur, un homme d'une trentaine d'années, gris et terne, habillé comme un homme d'affaires de la City.

— Nous ne sommes pas dans mon bureau, prévint Dodson, mais nulle part. Et je suis en train d'oublier que j'appartiens à Scotland Yard.

— Vous n'oseriez pas… me torturer ?

— Je veux la vérité. Et la fin justifie les moyens.

Quand le chef superintendant sortit de sa poche l'arme absolue, l'une des plus belles inventions de l'humanité qu'aucune technologie ne parviendrait à démoder, à savoir le couteau suisse aux multiples usages, le suiveur craqua.

— Je suis… je suis un fonctionnaire des Finances. La mort brutale de Patricia Langford nous a beaucoup troublés. Cette femme savait beaucoup de choses qui ne doivent pas être portées à la connaissance du public, elle possédait des documents confidentiels… Nous devions savoir dans quelle direction s'orienterait l'enquête de Scotland Yard. Quand nous avons vu surgir Lord Percival Kilvanock, nous avons été plus inquiets encore, car il n'est pas homme à ménager qui que ce soit, même un ministre… On m'a chargé de vous suivre partout où vous iriez et de faire un rapport sur vos démarches.

— Je veux bien oublier tout ça, mon gaillard, mais vous allez dire à vos supérieurs, si haut placés soient-ils, de se tenir tranquilles et de laisser le Yard faire son travail. Si jamais vous recommencez ce genre de bêtises, je fais sauter votre ministère, foi de Dodson !

Le salon où travaillait Arielle Drugan, la coiffeuse de trente-cinq ans égorgée par le tueur en série, était luxueux et moderne. On avait soigné les éclairages, le matériel était sophistiqué, les sièges confortables. Et la journée durant se répandait une musique tantôt sirupeuse, tantôt agitée qui, selon Lord Percival, était l'une des pires pollutions de l'époque moderne et une aide très efficace à la crétinisation ambiante.

La patronne du salon, une quinquagénaire dans le vent aux cheveux décorés d'une faveur rose, reçut les deux enquêteurs dans son bureau ultramoderne.

— Messieurs, je tiens tout de suite à préciser que cette maison est parfaitement honorable et que…

— Nous n'en doutons pas, madame. Nous aimerions vous parler d'une de vos employées, Arielle Drugan.

— Je commençais à m'inquiéter ! Normalement, elle ouvrait le salon très tôt, vers 7 heures, et veillait à ce que tout soit en place avant l'arrivée des premiers clients. Avant-hier, déjà, elle était absente sans motif. Il lui est arrivé quelque chose ?

— Arielle Drugan a été assassinée.

La patronne fut sur le point de défaillir.

— C'est incroyable !

— Ces derniers temps, Arielle Drugan vous avait-elle parlé d'une menace quelconque qui pesait sur elle ?

— Non… Elle était en pleine forme et… amoureuse !

— Connaissiez-vous l'identité de l'heureux élu ?

— Un danseur, Billy Wilton. Elle avait vu l'un de ses spectacles qu'elle avait jugé affreux, mais lui, il l'avait ébloui.

— Un amour… partagé ?

— Je n'en sais rien.

Angus Dodson mit en marche son ordinateur portable.

— Nous vous promettons que l'assassin sera identifié, à condition que tous les témoins nous aident sans réserve.

— Mais je ne suis témoin de rien ! protesta la patronne du salon.

— Vous connaissiez les clients d'Arielle Drugan.

— Les clientes… Elle ne coiffait que des femmes et était considérée comme la meilleure de mes employées.

— Bien… Je vais vous montrer le visage d'une femme.

Le chef superintendant fit apparaître sur l'écran le portrait de Mirella Wimpole qu'il avait dessiné lui-même avec un joli coup de patte.

— Non, ce n'est pas une cliente.

— Avez-vous une liste de noms ? demanda Lord Percival.

— Bien entendu.

Arielle Drugan avait coiffé un certain nombre de personnalités et de femmes aisées.

Parmi elles, Alison Keat.

30.

Au nord de la célèbre cathédrale St. Paul, sur des terrains dévastés par le blitz pendant la Seconde Guerre mondiale, avait été édifié le quartier du Barbican, véritable labyrinthe de tours, d'immeubles de béton et de passerelles. Sur vingt-cinq hectares, les architectes s'étaient déchaînés en englobant dans leur réseau de bâtiments verticaux des églises gothiques et néo-classiques. Datant de 1982, le Barbican Arts and Conferences Centre était venu couronner l'ensemble, avec sa salle de concerts où se produisait le London Symphony Orchestra et son théâtre, où la Royal Shakespeare Company célébrait inlassablement l'œuvre immortelle du grand Will.

C'était dans une tour impersonnelle et glaciale que se trouvait le bureau d'Alison Keat dont Scotland Yard avait retrouvé la trace.

Le châtelain admirait la manière dont Nickney se débrouillait dans ce dédale sans jamais hésiter.

— J'espère que nous n'avons plus de suiveur, lui dit-il en descendant du *black cab*, mais ayez quand même l'œil.

— Comptez sur moi, Lord Percival.

Les bureaux d'Alison Keat Consultant occupaient le treizième étage de la tour.

À l'entrée, une secrétaire d'un noir d'ébène aux ongles longs, peints en violet.

— Que puis-je pour vous, messieurs ? demanda-t-elle d'une voix sucrée.

— Scotland Yard. Nous voulons voir Alison Keat immédiatement.

— Mais… Elle est en rendez-vous, et je ne peux pas…

— Dépêchez-vous, mademoiselle. C'est très urgent.

Au ton du superintendant, la secrétaire comprit que l'affaire était sérieuse. Elle osa déranger sa patronne qui termina rapidement un entretien avec un chef d'entreprise et accepta de recevoir ses deux visiteurs inattendus.

— Que signifie cette irruption dans mes bureaux ? demanda Alison Keat, agressive.

— Enquête criminelle. Je suis le chef superintendant Dodson, assisté de Lord Percival Kilvanock.

Alison Keat resta debout et immobile quelques instants. D'origine indienne, âgée de trente ans, elle avait l'élégance innée d'une Orientale. Grande et mince, le visage allongé, des cheveux noirs de jais comme ses yeux, des lèvres sensuelles, elle évoquait un félin prêt à se ruer sur sa proie. Vêtue d'un tailleur mauve au col de vison, Alison Keat était à la fois séductrice et inquiétante.

— Eh bien, messieurs, asseyez-vous.

La pièce était d'une sobriété glaciale : sol de marbre blanc, sièges noirs à l'armature métallique, fauteuil de relaxation, étagères modulables en acier, porte-fenêtre aux profilés en aluminium, lampes halogènes.

Le bureau d'Alison Keat n'était qu'une grande plaque de verre fumé sur laquelle avaient été disposés un téléphone-fax-répondeur et un micro-ordinateur. Ni papier, ni crayon.

— Qu'entendez-vous exactement par « enquête criminelle » ?

— Laissez-nous poser les questions, répondit sèchement Angus Dodson.

— Donnez-moi au moins les raisons de votre présence ici, si je ne vous en demande pas trop !

La voix d'Alison Keat était à la fois douce et autoritaire. Lord Percival sentit qu'elle avait l'habitude d'être obéie et qu'elle n'aimait pas être contrariée.

— Quelle est la nature exacte de votre travail ? demanda le châtelain.

— Je m'occupe de façonner l'image de personnalités plus ou moins importantes qui ont besoin de se situer par rapport au monde moderne, de se faire mieux connaître ou de modifier ce que l'on pense d'elles.

— Une tâche délicate, je suppose ?

— Plus encore que vous ne le pensez, Lord Percival ! Il faut s'adapter à chaque situation et tirer le meilleur des possibilités de chacun. Les gens ont généralement une fausse opinion d'eux-mêmes et de leurs qualités réelles… À moi de les discerner et de les mettre en valeur.

— Vous arrive-t-il d'échouer ?

La question agaça la jeune femme.

— Très rarement.

— Avec Patricia Langford, par exemple ?

— Que vous a-t-elle raconté ? Ah… J'aurais dû refuser ce contrat-là ! Intelligente et douée, d'accord, mais incapable de mettre les moyens nécessaires au service de ses ambitions. Bien qu'elle rêve des plus hautes destinées, elle ne restera qu'une médiocre magouilleuse.

— Vous êtes donc en froid ?

— Patricia Langford a exigé de ma part un énorme travail mais a refusé de me payer. J'ai l'intention de faire une dernière démarche à l'amiable, puis je remettrai le dossier entre les mains d'un avocat. Les gens qui me déçoivent le paient très cher.

— Dans le cas de Patricia Langford, vous n'aurez malheureusement plus rien à espérer.

— Pourquoi donc ?

— Parce qu'elle a été assassinée.

Aucune émotion ne s'inscrivit sur le visage d'Alison Keat.

— Pour mes finances, c'est très fâcheux. Je tâcherai tout de même de trouver un moyen de récupérer ce qui m'est dû. Travailler pour rien m'horripile.

Indigné par la froideur de la jeune femme, le superintendant n'hésita pas à l'attaquer de front.

— Votre emploi du temps pour les premières heures des matinées de lundi et de jeudi derniers, mademoiselle.

— Suis-je dans l'obligation de vous répondre ?

— Tôt ou tard, oui.

— Il s'agit de ma vie privée.

— J'attends votre réponse.

Alison Keat soutint le regard d'Angus Dodson.

— Je dormais, superintendant.

— À quelle heure vous êtes-vous réveillée ?

— J'ai l'habitude de me lever vers 7 heures, de prendre un petit déjeuner rapide et léger, d'étudier quelques dossiers brûlants. Puis je me rends à mon bureau pour un premier rendez-vous, aux alentours de 10 heures.

— Quelqu'un peut-il confirmer vos déclarations ?

— Comment, quelqu'un ? Je vis seule, superintendant. Aucun homme n'a jamais pénétré dans mon appartement, et je tiens à mon indépendance plus qu'à tout.

— Votre alibi est donc invérifiable.

La jeune femme se révolta.

— Alibi… Cela signifie-t-il que vous osez me soupçonner d'avoir assassiné Patricia Langford ? C'est complètement stupide ! Elle était une cliente, rien de plus.

— Et surtout une mauvaise payeuse.

— Ce n'est pas une raison suffisante pour tuer quelqu'un ! Vous voulez mon avis ? J'ai l'impression que vous n'y voyez pas très clair et que vous lancez vos filets dans toutes les directions avec l'espoir de recueillir le bon poisson. Mais je ne suis pas celui-là.

— Êtes-vous allée souvent chez Patricia Langford ? interrogea Lord Percival.

— Pas une seule fois ! répondit Alison Keat avec mordant. J'ai fait une étude sur le personnage officiel qu'elle incarnait afin d'en souligner les défauts et de proposer les rectifications indispensables, mais je ne m'étais pas encore préoccupée de sa vie privée.

— Était-ce votre intention ?

— Bien entendu. Pour façonner une image cohérente et préparer mon client aux attaques les plus diverses, je dois tout savoir. Plus le personnage est public, plus il risque de chuter à cause d'un petit détail. Quand j'accepte un dossier, c'est ma réputation qui est en jeu. Lorsque Patricia Langford m'a contactée, j'ai longuement hésité, car son caractère me déplaisait. Comme j'ai connu pire et comme le challenge s'annonçait difficile, j'ai fini par accepter.

— Patricia Langford n'a-t-elle pas évoqué un danger qui la menaçait ?

— Non, Lord Percival.

— Je vais vous demander un maximum d'attention, mademoiselle.

— Vous m'en croyez peut-être incapable ?

— Arielle Drugan, Sandra Lockton, Dorothy Bridge, Theobald Dixter… Avez-vous fréquenté l'une de ces personnes ?

La jeune femme demeura silencieuse pendant de longues secondes.

— Non, Lord Percival.

— Pourquoi mentez-vous, mademoiselle ?

31.

Les yeux remplis de fureur, Alison Keat fit face.

— J'ai horreur qu'on m'insulte, Lord Percival, surtout sans motif !

— N'aggravez pas votre cas, recommanda Dodson.

— Vous croyez que je n'ai pas compris, superintendant ? Vous me citez des victimes d'assassinat et vous voudriez bien me voir impliquée dans ces horreurs !

— C'est inexact, mademoiselle. Nous n'avons aucun a priori négatif à votre égard, mais vous venez de proférer un mensonge d'une extrême gravité.

La jeune femme se força à sourire.

— Ah oui... Et lequel ?

— Vous connaissez forcément Arielle Drugan.

— Qui est-ce ?

— Votre coiffeuse.

Alison Keat parut surprise.

— Ma coiffeuse... Vous voulez dire la petite aux longs cheveux noirs et au pull fluo qui a l'habitude de me coiffer ?

— Elle-même.

— Forcément, je la connais, mais j'ignorais son nom !

— Et même son prénom ?

— Elle a dû me le dire, mais je n'y ai pas prêté attention.

— Ce n'est guère vraisemblable, Miss Keat.

— C'est pourtant la vérité, qu'elle vous plaise ou non ! Lorsque je me fais coiffer, je ferme les yeux et je somnole. Pour moi, c'est un des rares moments de détente, et je ne prête aucune attention à ce qui se déroule autour de moi.

— Vous ne savez donc rien à propos d'Arielle Drugan ?

— Absolument rien ! Elle me coiffait en silence, comme je l'avais exigé. Si elle avait commencé à bavarder et à raconter n'importe quelle fadaise, j'aurais immédiatement changé de salon. Il n'y a rien de plus à dire sur nos relations.

— Admettons, concéda Lord Percival. Mais vous n'en continuez pas moins à mentir.

— Cette fois, c'en est trop !

— Vous avez raison, mademoiselle : pourquoi cacher que vous étiez l'une des clientes de Sandra Lockton, également victime de l'assassin que nous recherchons ?

L'indignation d'Alison Keat tomba d'un coup.

— Qu'est-ce qui vous permet d'affirmer…

— Sandra Lockton était une personne consciencieuse et organisée. C'est pourquoi nous avons la preuve que vous étiez un amateur de parfum très exigeant et que seule une créatrice originale comme Sandra Lockton pouvait vous donner satisfaction.

— C'est vrai, Lord Percival, mais ce n'est pas un délit !

— Alors, pourquoi mentir ?

— Sur l'instant, le nom de Lockton ne m'a rien suggéré… Ce n'est pas elle qui m'intéressait, mais le parfum oriental qu'elle mettait au point pour moi. Et c'était mon secret, un secret que personne ne devait connaître. Voilà pourquoi je ne vous ai pas parlé spontanément.

— Devrons-nous nous contenter de cette explication ?

— Bien sûr, puisque c'est la vérité !

Angus Dodson se fit incisif.

— Patricia Langford, Arielle Drugan, Sandra Lockton… Nous avons établi vos liens avec trois victimes, Miss Keat.

— De simples coïncidences, je vous assure ! Comment pouvez-vous imaginer une seule seconde que j'aurais…

— Si nous parvenons à établir que vous connaissiez également les deux autres victimes, il ne sera plus possible de parler de… coïncidences.

— C'est complètement insensé ! Vous faites irruption dans mon existence, vous évoquez des abominations et vous m'accusez froidement d'avoir commis plusieurs meurtres ! Qui réagirait normalement dans un pareil tourbillon ? Il faudrait être plus inerte qu'un bloc de pierre !

— Collectionnez-vous des cygnes ? interrogea Lord Percival.

Alison Keat fut déroutée.

— Je n'aime pas les animaux… Pourquoi cette question ?

— D'autres collections ?

— Non, je déteste ça, rien ne m'horripile davantage.

— Avez-vous déjà vu cet objet ?

La jeune femme regarda longuement la boîte en or que lui présentait le châtelain.

— C'est ancien et dépassé… Il faut vivre avec son

temps, Lord Percival, et adopter des formes modernes. Jamais je n'aurais eu l'idée d'acheter une pareille vieillerie.

— Puisque vous appréciez l'art moderne, avança Lord Percival, vous devez aimer l'œuvre de Stephen Palton.

— Là, vous tombez mal ! Il n'existe pas de peintre plus ringard. Ce pauvre Palton est totalement dépourvu de style et d'imagination. Des paysages et des femmes nues… Voilà ses seuls thèmes ! Ce doit être un obsédé qui n'arrive à rien avec les femmes.

— L'avez-vous rencontré ?

— Heureusement, non !

— Et son épouse, Mirella ?

— Pas davantage.

— Vous auriez pu lui reconstruire une nouvelle image…

— Dans son cas, la situation est désespérée ! Et j'avoue ne pas avoir tellement de chance avec les artistes, tant ils sont compliqués et paranoïaques. Avec le dernier en date, ce fut même une catastrophe.

— S'agirait-il du danseur Billy Wilton ?

La fureur reprit la belle jeune femme.

— Il a déjà bavardé un peu partout, ce petit imbécile !

— Que s'est-il passé ?

— Une de mes pires affaires ! Ce triste sire m'avait demandé de changer radicalement son image de chorégraphe branché, uniquement apprécié dans les petits cercles d'intellectuels. Il meurt d'envie de plaire au grand public et de devenir un petit-bourgeois conformiste, mais n'ose pas se l'avouer. Moi, j'ai mis les points sur les *i* et je l'ai placé devant le choix à accomplir. Wilton en fut incapable… Sans faire d'efforts, il voulait le beurre et l'argent du beurre. Comme il n'y parviendra pas, c'est moi qu'il rend responsable de son échec ! Je me sens tenue au secret professionnel et je le regrette. Si le monde du spectacle savait qui est exactement cet histrion, son avenir serait des plus limités.

Le regard noir d'Alison Keat tenta de transpercer Lord Percival.

— Mais dites-moi… Vous ne m'avez pas lancée sur Palton et Wilton par hasard ! Vous les soupçonnez, n'est-ce pas ? Au fond, ce n'est pas si surprenant. Deux nullités qui veulent une revanche sur la vie et se vengent sur des innocents. En avez-vous d'autres du même acabit dans votre besace ?

— Dick Aldwych, Thomas Edward et le révérend Balthazar Norfolk.

La jeune femme sourit.

— En prime, un religieux… Ces trois-là, je n'en ai jamais entendu parler.

— Avez-vous vraiment cessé de mentir, mademoiselle ?

Alison Keat prit un air moins sévère.

— J'avoue que je suis mal partie et que vous devez avoir une piètre opinion de moi… Mais elle est fausse ! En fait, je ne vous ai rien caché parce que je n'ai rien à dissimuler. Tout ce qui pourrait vous sembler suspect n'est que coïncidence.

Dodson émit une sorte de grognement désapprobateur.

— Ne quittez pas Londres, mademoiselle.

— Vous m'arrêtez ?

— Nous nous reverrons certainement.

32

Le taxi de Nickney sortit de Londres avant l'heure de pointe et, avec une maestria inégalable, emprunta de nombreux raccourcis pour atteindre le village de Drexfold arrosé par une ondée. À l'entrée de la petite agglomération, un cottage vieillot entouré d'une superbe roseraie dont la majeure partie était disposée en arceaux. Pour accéder à la demeure, on passait sous une voûte de roses rouges, jaunes et blanches.

— Le révérend nous attend, précisa Angus Dodson qui avait pris soin de lui téléphoner pour le prévenir de la venue de Scotland Yard.

Lord Percival admira l'architecture de la roseraie et la docilité des roses qui s'étaient pliées de bonne grâce aux fantaisies du jardinier. Le cottage lui-même était couvert de rosiers grimpants, et l'ensemble de la propriété formait une merveilleuse boule de couleurs qui n'en finissait pas d'éblouir le regard. Buis, santoline et nepeta se mêlaient aux roses avec discrétion pour mieux souligner leur beauté.

Un homme âgé aux longs cheveux blancs pendant sur les épaules et au nez proéminent, auquel des veinules violacées donnaient une apparence plutôt comique, vint à la rencontre des deux enquêteurs. Vêtu d'un costume noir strict, il semblait plutôt agité.

— Vous êtes la police ?

— Chef superintendant Dodson et Lord Percival Kilvanock.

— Quel remarquable travail, déclara le châtelain. Votre roseraie est un véritable chef-d'œuvre.

— Tout le mérite en revient à ma gouvernante, Miss Littlebit. Elle y passe je ne sais combien d'heures par jour, parfois au point d'oublier de déjeuner ! Mais il ne faut pas contrarier les artistes, n'est-ce pas ?

Les chairs du révérend Balthazar Norfolk étaient plutôt molles, ses lèvres grasses et sa voix traînante ; à soixante-dix-sept ans, il affichait cependant une belle vitalité.

— Messieurs, je vous avoue mon inquiétude. Pourquoi Scotland Yard s'intéresse-t-il à ma modeste personne ?

— Nous enquêtons sur cinq meurtres commis par un tueur en série.

— Mon Dieu, quelle abomination !

Le révérend se signa, joignit les mains et murmura une prière pour le repos de l'âme des défunts.

— Cette tragédie ne s'est tout de même pas déroulée sur ma petite commune ?

— Non, mon révérend, mais vous pourrez peut-être nous aider à progresser.

— Si j'en ai les moyens, je servirai la cause de l'ordre et de la justice. Entrez, messieurs… Miss Littlebit a préparé une tisane de camomille.

L'intérieur du cottage était tout aussi vieillot que l'extérieur, et d'une propreté parfaite.

C'est armée d'un authentique plumeau à l'efficacité redoutable que Miss Littlebit, sensiblement plus âgée que le révérend mais nerveuse et robuste, accueillit les visiteurs sur le seuil du salon.

— Prenez les patins, exigea-t-elle. Je viens de cirer

les parquets. Révérend, vous servirez vous-même la tisane et les scones. Je dois soigner les rosiers malades et je n'ai pas de temps à perdre en mondanités.

— Soyez sans crainte, Miss Littlebit. Je m'occupe de tout.

Les fauteuils victoriens étaient lourds et usés, le clavecin de la fin du XVIIIe siècle ne manquait pas d'allure et la desserte Tudor remplissait vaillamment sa fonction. Quant aux murs, ils étaient couverts d'aquarelles consacrées à la campagne anglaise et de photographies représentant le révérend qui jouait de la flûte en compagnie de jeunes filles s'adonnant au clavecin, au violon et au violoncelle.

— La musique semble être votre passe-temps favori, remarqua Lord Percival.

— Je donne des cours aux jeunes. Nous apprenons du Purcell, du Haendel et du Cherubini. La musique moderne est si laide ! Au moins, je contribue à former des sensibilités artistiques.

Le châtelain s'attarda sur les paysages.

— Superbes aquarelles… Un vrai talent mis au service de la poésie.

Balthazar Norfolk rougit.

— Je dois vous avouer… que j'en suis l'auteur.

— Félicitations, révérend.

— Je ne suis qu'un modeste amateur mais, année après année, l'expérience s'accumule… Et qu'y a-t-il de plus beau que notre campagne anglaise, si douce et si poétique ? Je ne me lasse pas de la parcourir et de la peindre, tant elle procure de sérénité. Aujourd'hui, hélas ! elle me manque.

— La campagne ou la sérénité ?

— La sérénité, Lord Percival ! Après ce qui m'est arrivé… Une invraisemblable catastrophe ! Comment aurais-je pu imaginer qu'on viendrait me voler un objet pieux, ici, chez moi ?

— De quoi s'agit-il ?

— D'une petite croix avec un Christ finement ciselé ; à son pied, il y a une minuscule émeraude. J'y tenais beaucoup, car elle m'avait été offerte par mon directeur de conscience, un saint homme.

Le révérend versa de la tisane dans la tasse de Dodson.

— Nous avons retrouvé votre croix, révéla Lord Percival.

Balthazar Norfolk lâcha la théière qui tomba sur le parquet.

— Mon Dieu, que va dire Miss Littlebit ?

Du liquide s'était répandu sur le parquet ciré. Le révérend se précipita à la cuisine pour s'y emparer d'une éponge et réparer les dégâts. D'une main malhabile et nerveuse, il fit disparaître les traces de sa maladresse.

— J'ai dû mal comprendre, Lord Percival... Pourquoi ma croix serait-elle en votre possession ?

— Parce que nous l'avons trouvée sur le cadavre d'un homme.

Bouche bée, l'œil hagard, le révérend Balthazar Norfolk se laissa choir dans un fauteuil et porta les mains à son cœur.

— Ce n'est pas croyable !

— C'est malheureusement la réalité.

— Qui... qui est ce malheureux ?

— Theobald Dixter. Le connaissez-vous ?

Le révérend sursauta.

— Non, non !

— Il aurait pu se faire passer pour un fidèle afin de s'introduire chez vous et de dérober cette croix.

— Oui, je comprends… Mais ce nom-là m'est inconnu.

— Et ce portrait ? interrogea Dodson.

Le superintendant fit apparaître le visage de Dixter sur l'écran de son ordinateur.

— Non, non… Je ne l'ai jamais vu.

Tremblant, Balthazar Norfolk ouvrit une boîte en ébène et en sortit un cigare qu'il alluma fébrilement. Un Montecristo n° 4.

— Pardonnez-moi, messieurs, j'aurais dû vous en offrir… Mais je suis tellement bouleversé que je ne sais plus ce que je fais. Ma croix… Me la redonnerez-vous ?

— Pour le moment, dit le superintendant, c'est une pièce à conviction découverte sur un cadavre.

— Quelle abomination ! C'est un véritable démon qui a commis ce sacrilège !

— Simple curiosité, révérend : où vous trouviez-vous, lundi et vendredi, aux toutes premières heures de la matinée ?

— Ici, chez moi.

— Vous dormiez, je suppose ?

— À cause de l'âge, j'ai pris l'habitude de me lever assez tard.

— Miss Littlebit pourra confirmer vos dires, bien entendu.

— Malheureusement non… Elle a passé cette semaine-là chez sa sœur malade et elle n'est revenue qu'aujourd'hui. La parole d'un homme de Dieu vous suffira, j'en suis sûr.

Le regard du révérend alla du superintendant à Lord Percival et de Lord Percival au superintendant sans y rencontrer l'approbation massive qu'il espérait.

— Messieurs, vous devez me croire ! Comment pouvez-vous imaginer qu'un révérend soit mêlé de près ou de loin à de telles atrocités ?

33.

Lord Percival fit quelques pas dans le salon et s'immobilisa devant une aquarelle où un ruisseau coulait entre des ormes.

— Avez-vous vendu certaines de vos œuvres, révérend ?

Sentant la tension diminuer, Balthazar Norfolk tira une bouffée de son cigare.

— Non, je ne fais pas commerce de mon art.

— En avez-vous offert ?

— Rarement, mais ça m'est arrivé.

— Quels furent les heureux bénéficiaires ?

— Ma pauvre mère, mes voisins…

— Et quelques jeunes filles ?

— Oh, Lord Percival ! Qu'allez-vous penser…

— Pourrais-je obtenir une réponse plus précise, mon révérend ?

— C'est un peu délicat… Je ne me souviens pas très bien.

— Faites un effort.

— C'est tellement personnel…

— Cet effort est vraiment indispensable, révérend.

— Je veux bien, mon fils, mais j'aimerais que mes confidences restent très confidentielles.

Le regard de Lord Percival se fit complice.

— N'est-ce pas l'évidence ?

Balthazar Norfolk tira une bouffée de son cigare.

— Bon… J'ai offert l'une de mes œuvres à une jeune femme à la fois pieuse et éprise de peinture classique.

— Son nom ?

— Vous me gênez.

— Je vous en prie, révérend.

— Dorothy Bridge.

— Quand lui avez-vous offert votre aquarelle ?

— Il y a six mois, environ.

— À quelle occasion ?

— Une rencontre comme une autre.

— Est-elle devenue… une amie ?

— Non… Enfin, oui et non…

— J'ai le regret de vous apprendre qu'elle a été assassinée.

Les yeux de Balthazar Norfolk s'agrandirent, comme s'ils allaient dévorer sa tête. Le révérend se dressa, raide comme une hampe de drapeau, s'évanouit et tomba en avant.

Grâce à l'intervention d'Angus Dodson, une chute brutale fut évitée. Le superintendant recueillit dans ses bras le corpulent religieux et le cala dans un fauteuil.

Quelques tapes appuyées sur les joues ramenèrent à lui Balthazar Norfolk dont le cigare était resté fiché entre les dents.

— Où suis-je, Seigneur… La petite Dorothy… Non, elle n'est pas morte !

Le révérend reconnut Lord Percival.

— C'est vous… C'est vous, le responsable !

— Reprenez vos esprits, révérend.

— Pardonnez-moi, je ne sais plus où j'en suis… Mais qu'est-il arrivé à cette petite ?

— Elle a été égorgée, comme Theobald Dixter.

— Vous voulez dire… que le même monstre a commis deux crimes ?

— Il y a trois autres victimes : Patricia Langford, Arielle Drugan et Sandra Lockton.

Balthazar Norfolk regardait le châtelain, mais il ne le voyait pas.

— Non… Je ne les connais pas.

— En êtes-vous bien sûr ?

Le révérend posa son cigare et joignit les mains.

— Laissez-moi prier pour ces malheureuses… Que Dieu les accueille en son paradis ! Tant d'existences brisées de manière si atroce… Mais il faut quand même pardonner en oubliant cette violence. Le Christ ne nous a-t-il pas montré le chemin ?

— Il faut nous dire tout ce que vous savez sur Dorothy Bridge, insista Lord Percival.

Le religieux se calma un peu.

— Elle était maquilleuse… Son métier lui posait parfois bien des problèmes ! Récemment, par exemple, elle avait été contrainte de maquiller un homme en femme. Enfin, un homme… Plutôt une créature du diable ! Un danseur, Billy Wilton, dont les ballets sont des appels insupportables à la luxure et à la dépravation.

— Auriez-vous assisté à l'un de ses spectacles ?

— Dieu m'en garde ! C'est la petite qui m'en a parlé.

— Vous étiez donc son conseiller spirituel, comme celui de la famille de Stephen Palton.

Balthazar Norfolk ne cacha pas son étonnement.

— Comment… Comment le savez-vous ?

— C'est lui-même qui nous l'a appris.

— Oui, c'est vrai, j'ai bien connu ses parents… Des gens très pieux, d'une parfaite honorabilité. Stephen l'est malheureusement un peu moins, mais je suis persuadé que l'âge mûr lui permettra de retrouver le chemin du Seigneur. Et quel merveilleux artiste !

— Les critiques ne l'épargnent pas.

— Parce qu'il est un classique et ne se lance pas dans n'importe quelle élucubration. L'avenir lui donnera raison.

— N'a-t-il pas tendance à s'emporter et à devenir violent ?

— C'est un artiste… Comme tout artiste, il est passionné.

— Son divorce ne fut-il pas… dramatique ?

— Toute séparation est un drame, Lord Percival, et je déplore cette habitude pernicieuse qui envahit notre société ! Mari et femme ne font plus assez d'efforts pour éviter des ruptures définitives. Mirella est une femme remarquable, au caractère un peu difficile et aux idées trop progressistes, mais elle et Stephen formaient un beau couple. J'ai bien tenté de raisonner Stephen, mais il ne m'a pas écouté.

Le révérend reprit son cigare.

— À propos… Pourquoi me parlez-vous de lui ?

— Parce qu'il pourrait être impliqué dans cette affaire.

— Stephen, un assassin ? Vous n'y pensez pas sérieusement ! Il n'est pas exempt de défauts, mais jamais il n'aurait commis de telles atrocités !

— Vous avez dû connaître Dick Aldwych ?

— L'encadreur ? Un personnage extrêmement inquiétant, sans religion ni morale. Il a disparu brutalement, sans doute pour se cacher. Voilà un homme dangereux et pervers.

— A-t-il encadré certaines de vos œuvres ?

Le révérend eut un air pincé.

— Non, il a toujours refusé.

— Les noms d'Alison Keat et de Thomas Edward vous sont-ils familiers ?

— Non, Lord Percival. Je les entends pour la première fois.

— Que pensez-vous de cet objet ?

Le châtelain montra au révérend la bourse à souverains. Ce dernier l'examina avec attention.

— Il n'y a pas de doute… Cette boîte en or est une bourse à souverains qui appartenait au père de Stephen Palton. Stephen l'a utilisée quelque temps pour éblouir son entourage. Je lui en avais d'ailleurs fait le reproche. Ce comportement n'était que vanité et méritait d'être sanctionné. La discrétion et la modestie ne sont-elles pas les plus belles des qualités ?

Les mains du révérend tremblaient.

— C'est une bien triste affaire, messieurs, et votre travail est bien difficile… Heureusement, il y a des hommes comme vous pour lutter contre les forces du mal qui entraînent des êtres pervers à commettre des actes horribles. Si Dieu ne veillait pas sur elle, que deviendrait l'humanité ? Je vais prier pour que vous arrêtiez le coupable et sauviez des innocents ; en même temps, j'implorerai la clémence du Seigneur pour cette brebis égarée.

34.

— Ce révérend ne me paraît pas frais, estima Angus Dodson alors que le taxi de Nickney prenait la direction de Londres. Comme par hasard, on vient justement de lui voler la croix qui a été retrouvée sur le cadavre de Theobald Dixter. Ce genre de coïncidence est des plus suspectes.

— Vous voyez Balthazar Norfolk dans la peau d'un assassin ? demanda Lord Percival.

— Il est âgé, plutôt mou et ne semble pas capable de se déplacer assez rapidement pour agir comme une bête féroce… Mais la frénésie meurtrière peut transformer un mouton en tigre. Et puis il n'est peut-être que complice ! Supposez qu'il ait posé sa croix sur le corps de Dixter pour lui permettre d'arriver au ciel en bon état ?

— Supposition intéressante, superintendant, mais Norfolk ne serait impliqué de manière indirecte que dans ce crime-là. Et de qui serait-il le complice ?

— D'un croyant, forcément, qui aurait fait appel à ses services pour obtenir le pardon de Dieu… Et nous voilà repartis sur la piste mystique ! Theobald Dixter a tué quatre femmes, il s'est suicidé et a demandé au révérend de lui offrir le secours de la religion.

— Vous oubliez la présence d'un tableau de Balthazar Norfolk chez Dorothy Bridge.

— Là, c'est peut-être une vraie coïncidence.

Le mutisme de Lord Percival marqua sa désapprobation.

Le 12, Heatherington Street était un petit immeuble discret datant de la fin du XVIIIe siècle qui célébrait la mémoire de James Heatherington, accusé d'avoir épouvanté des gens honnêtes et timides en portant un chapeau haut de forme ; on l'avait donc arrêté et condamné à payer une amende, mais cet épisode dramatique n'avait pas empêché l'expansion du couvre-chef surnommé « huit reflets ».

Thomas Edward habitait au second étage.

Il ouvrit au troisième coup de sonnette. Les gonds de la porte étaient parfaitement graissés, et l'entrée du modeste appartement témoignait d'un sens aigu de l'ordre et de la propreté.

Thomas Edward était un petit homme chauve au nez pointu, âgé d'une quarantaine d'années, vêtu d'un pantalon gris et d'une veste d'intérieur rouge vif.

— Messieurs ?

— Chef superintendant Angus Dodson et Lord Percival Kilvanock.

— Vous êtes… Scotland Yard ?

— Pouvons-nous entrer ?

— Mais… bien entendu.

Edward précéda les deux hommes dans un salon carré dont l'unique décor se composait d'étagères surchargées de cartons à chapeaux.

— Messieurs, vous avez devant vous toute mon existence, déclara Thomas Edward avec solennité. Dans ces cartons à chapeaux sont préservées les plus belles étiquettes de fonds de chapeaux de tout le

Royaume-Uni. Sans me vanter, je pense être un capillabélophile de haut vol et je ne me connais pas de concurrents sérieux. Savez-vous que je possède une étiquette provenant du chapeau que portait Churchill le jour du débarquement ? Et je ne vous parle pas d'une remarquable collection Édouard VIII... Mais vous n'êtes peut-être pas venu admirer mes chefs-d'œuvre ?

— Oui et non, répondit Lord Percival. Que pensez-vous de celle-ci ?

L'Écossais montra au capillabélophile l'étiquette de fond de chapeau découverte chez Sandra Lockton.

Thomas Edward sourit.

— Oh, je la connais bien ! C'est une petite merveille de grande valeur dont j'ai eu beaucoup de mal à me séparer... Mais l'occasion était exceptionnelle, et j'ai consenti à ce sacrifice.

— Que s'est-il passé ?

— Une aventure délicieuse... Grâce à un merveilleux hasard, j'ai rencontré, dans une file d'attente, une jeune fille qui attendait un taxi. Comme elle paraissait très pressée, je lui ai proposé de lui céder ma place. Ce geste de courtoisie l'a touchée et, après une brève discussion, nous avons pris le même taxi. Comme nous allions dans la même direction, nous avons eu le temps de lier connaissance. Ma passion l'ayant intriguée, je l'ai invitée à venir chez moi et je lui ai montré mes étiquettes. Dotée d'un goût très sûr, elle a apprécié. Moi, je l'ai félicitée à propos de son parfum que j'ai jugé très original. Elle m'a confié qu'elle l'avait créé elle-même et que de multiples projets lui traversaient l'esprit. Quelle merveilleuse jeune femme, gaie, intelligente et imaginative ! Nous avons dîné ensemble, et ce fut une merveilleuse soirée. En guise d'hommage, je lui ai dédicacé une étiquette ancienne.

— Quel est le nom de cette jeune femme ?

Thomas Edward parut contrarié.

— Il s'agit de ma vie privée ! Je ne vois pas pourquoi je serais obligé de vous en parler.

— Parce que nous menons une enquête criminelle, précisa Angus Dodson.

Le capillabélophile accusa le choc.

— Je n'imaginais pas… que cela pouvait exister. La violence est partout, aujourd'hui, et elle vous tombe dessus à l'improviste sans qu'on parvienne à lui résister.

— Le nom de cette jeune femme ? insista Lord Percival.

— Pourquoi serait-elle impliquée dans votre enquête ? Sandra est une personne honorable, d'une parfaite honnêteté et…

— Sandra Lockton ?

Le collectionneur sembla stupéfait.

— Comment connaissez-vous son nom ?

— Elle est morte, monsieur Edward.

— Sandra, morte…

— Plus précisément, assassinée.

— Qui a pu…

— Où vous trouviez-vous, aux premières heures de la matinée, lundi et jeudi dernier ? demanda le superintendant.

— Vous voulez dire… avant 7 h 15 ?

— Pourquoi cette précision ?

— Parce que c'est l'heure à laquelle je me lève. Je me couche à 23 heures et je me lève à 7 h 15. J'étais donc chez moi, dans mon lit.

— Seul ?

— Oui, seul.

Le chef superintendant énuméra les autres victimes et cita les noms des suspects. Le collectionneur ne manifesta aucune émotion et affirma n'en connaître aucun. Il ne reconnut pas non plus la bourse à souverains que lui montra Lord Percival.

— Vous êtes bien fonctionnaire, monsieur Edward ?

— Oui, superintendant, et j'en suis fier. C'est grâce à des hommes dévoués et scrupuleux comme moi que l'État fonctionne.

— Le mariage ne vous a pas tenté ?

— Je ne déteste pas les femmes, mais une collection comme la mienne est une maîtresse très exigeante. Je redoute la présence d'une ménagère incapable de comprendre la précision et l'exigence de mon rangement. L'existence est fondée sur des choix, les miens sont faits.

— Sandra Lockton fut-elle votre maîtresse ? demanda Lord Percival sans agressivité.

— Hélas ! non. Pour moi, elle fut comme une apparition, telle une princesse de rêve surgissant d'une forêt mystérieuse.

— C'est donc elle qui a refusé de vous revoir.

— Non, pas du tout... Il n'y a eu aucune rupture. Mais cette rencontre était une sorte de miracle et nous faisions l'un et l'autre confiance à la vie pour la prolonger. Il s'agissait d'une relation très pure, presque irréelle, d'un de ces moments de grâce dont personne n'a la maîtrise.

— Soyez plus précis, exigea Angus Dodson, irrité. Quels étaient vos projets ?

— Nous n'avions aucun projet. N'étant pas croyant, je ne pouvais même pas prier Dieu de prolonger ces minutes arrachées à l'éternité. C'était au destin, et à lui seul, de décider. Comment aurais-je pu imaginer qu'il prendrait le visage atroce du crime ?

35.

Au moment de remonter dans le taxi, le téléphone portable de Dodson sonna.

— Oui, c'est moi… Vous avez l'adresse ?… Parfait. Je m'en charge.

Le Yard avait découvert l'adresse de Dick Aldwych, dans la banlieue ouest de Londres. Sans hésitation, le taxi de Nickney prit la bonne direction.

Après la dissipation d'une ondée rapide, le coucher de soleil s'annonçait somptueux.

— Ce Thomas Edward est complètement allumé ! estima le superintendant. Sa collection est plutôt bizarre et ses propos incohérents.

— À moins qu'il ne soit un excellent comédien.

— Possible… Il ne manque pas de sang-froid. Mais il n'a laissé de trace — et une trace particulièrement apparente — que chez l'une des cinq victimes !

— Il ne savait peut-être pas où Sandra Lockton avait rangé l'étiquette et il espérait que cet indice serait insuffisant pour remonter jusqu'à lui.

— Ce petit fonctionnaire collectionneur, un tueur en série… Pourquoi pas ? Il est froid, calculateur et maniaque. Et il n'aurait commis qu'une petite erreur… Encore faut-il établir ses liens avec les autres victimes.

— Ne le rayons pas de la liste des suspects, proposa Lord Percival.

Les deux enquêteurs eurent un choc quand le taxi de Nickney s'immobilisa devant un porche en briques correspondant à l'adresse indiquée.

Un panneau indiquait : Swan Hospital, « l'hôpital des cygnes ».

— Par saint George ! s'exclama Angus Dodson, voilà nos bestioles !

— Ne nous emballons pas, recommanda le châtelain.

— Ce n'est quand même pas une coïncidence !

D'un pas martial, Dodson s'engagea dans l'allée de gravier qui aboutissait à un vaste pavillon de quatre étages. Sur la porte d'entrée, une plaque métallique annonçait : « Ouvert jour et nuit. »

La porte s'ouvrit.

Deux jeunes garçons en blouse blanche portaient un jeune cygne qui avait visiblement envie de les mordre.

— Écartez-vous ! ordonna sèchement l'un d'eux.

Ils enfournèrent tant bien que mal le grand oiseau dans une ambulance aménagée pour le transport des cygnes et quittèrent la propriété.

— Vous désirez quelque chose, messieurs ?

L'homme qui venait d'apparaître sur le seuil était un grand échalas d'une soixantaine d'années, au visage anguleux orné d'une courte barbe. Vêtu de blanc, comme un infirmier, il était chaussé d'espadrilles.

— Chef superintendant Dodson et Lord Percival Kilvanock. Nous voulons voir Dick Aldwych.

— C'est moi. Cet établissement est parfaitement en règle. Je sais que tous les cygnes du royaume n'appartiennent qu'à trois propriétaires légaux, Sa Majesté la reine Élisabeth II, Lord Ilchester et la confrérie des teinturiers et des marchands de vin, mais je ne prétends nullement posséder les animaux que je soigne avant de les remettre dans leur milieu naturel et sur le territoire précis où ils ont été blessés. Mon activité est officielle et reconnue, bien que je ne reçoive de Buckingham qu'une subvention symbolique.

— Avant d'exercer cette profession, vous étiez bien encadreur ?

Dick Aldwych se raidit.

— En effet, mais il y a longtemps…

— Nous avons des questions à vous poser.

— Suis-je obligé de vous répondre ?

— Étant donné la gravité des faits sur lesquels nous enquêtons, ou bien nous discutons ici, ou bien je vous arrête et je vous emmène au Yard.

Le grand échalas blêmit.

— M'arrêter ? Ah, je vois ! Un chasseur de cygnes a porté plainte contre moi… Mais c'est lui qui devrait être arrêté et condamné ! Ignorez-vous que blesser l'un de ces animaux est considéré par les tribunaux comme un crime de lèse-majesté et que la peine prononcée est un emprisonnement d'un an et un jour ?

— Il ne s'agit pas de cygnes, monsieur Aldwych, mais de quatre femmes et d'un homme. Cinq assassinats.

— Des assassinats ? Mais je suis innocent, tout à fait innocent !

— Vous répondrez donc volontiers à nos questions.

— Oui, bien sûr… Suivez-moi.

Le personnel de l'hôpital se composait de bénévoles qui connaissaient tout des cygnes et ne faisaient appel à un vétérinaire qu'en cas de nécessité. Ils savaient soigner les petites blessures et réparer les ailes cassées, soit à la suite de bagarres entre animaux, soit de malveillances de plus en plus nombreuses. Lorsque l'amputation d'une patte ou d'une aile se révélait nécessaire, les animaux infirmes finissaient paisiblement leurs jours à l'hôpital ou étaient confiés à des familles d'accueil capables de les entretenir.

Aldwych fit entrer les deux enquêteurs dans son bureau, un espace fonctionnel et anonyme, avec ordinateur, téléphone-fax et classeurs métalliques. Pour égayer l'endroit, de splendides photos de cygnes, à tout âge.

Déstabilisé pendant quelques instants, le grand échalas avait repris contenance.

— C'est vraiment sérieux, cette histoire d'assassinats ? demanda-t-il en s'asseyant dans un fauteuil équipé d'un appuie-tête.

— Prendriez-vous Scotland Yard pour un repaire de plaisantins ? s'irrita Angus Dodson.

— Bien sûr que non, mais comprenez mon étonnement !

— Pourquoi avez-vous disparu de manière brutale ? demanda Lord Percival.

— Moi, disparu ?

— Vous étiez un encadreur de grand talent et, du jour au lendemain, vous vous êtes éclipsé.

— Dans la vie, j'ai toujours agi comme bon me plaisait. J'aime la nature, j'aime les animaux, surtout les oiseaux, et j'ai décidé de me rendre utile, plus utile qu'en encadrant des tableaux. Lorsque j'ai lu dans un journal qu'un cygne, blessé par un imbécile de chasseur, était mort faute de soins, ma vraie vocation m'est apparue. Ce superbe animal est de plus en plus menacé, à la fois par l'urbanisation, la pollution et la malveillance. J'ai acheté cette bâtisse, réuni une équipe, obtenu une autorisation et je me suis lancé dans l'aventure. Nous avons déjà soigné des centaines de cygnes.

— Ne collectionnez-vous pas des œuvres d'art qui représentent des cygnes, tableaux ou statuettes ?

— Je préfère les animaux vivants, Lord Percival. Les tableaux, c'est fini.

— N'est-ce pas le peintre Stephen Palton qui vous a découragé de poursuivre votre première activité ?

— Stephen ? Sûrement pas ! Il était mon meilleur client et mon peintre préféré, tellement différent de tous ces crétins prétentieux qui font n'importe quoi pour choquer ou être à la mode. Le succès et la fortune n'avaient pas changé Stephen. Il était resté simple et sympathique.

— Pourquoi ne lui avez-vous pas dévoilé vos projets ?

— Je ne les ai dévoilés à personne. Et je suis persuadé qu'ils ne l'auraient pas intéressé. Un peintre vit dans son monde.

— Ne le considériez-vous pas comme un ami ?

— Mes seuls amis, ce sont les cygnes. Nous autres humains avons oublié que nous sommes des animaux comme les autres ; c'est pourquoi certains les martyrisent. Je passerai le reste de mon existence à lutter contre cette dérive.

— Vous n'encadrez plus jamais de tableaux ?

— L'idée ne m'en vient même pas ! Quelle occupation dérisoire, face à la détresse de ces pauvres oiseaux que des irresponsables n'hésitent pas à truffer de plomb ! Il faudrait organiser une chasse aux chasseurs pour qu'ils éprouvent ce qu'ils infligent à leurs victimes !

— Vous ne fumez pas, je suppose ?

— Dans cet hôpital, c'est strictement interdit. Le tabac est une drogue, et pas si douce qu'elle en a l'air.

— Avez-vous connu l'épouse de Stephen Palton ?

Le visage ingrat de Dick Aldwych s'adoucit.

— Ah, Mirella ! La merveilleuse Mirella…

36.

— Oui, dit Dick Aldwych avec une expression béate, j'ai connu la belle Mirella Wimpole. Une femme exceptionnelle, intelligente, superbe et volontaire… Ce n'est pas une personnalité que l'on peut oublier.

— N'a-t-elle pas procuré une aide précieuse à son mari ? demanda Lord Percival.

— Si, bien sûr, mais c'eût été inutile sans le talent de Stephen. Disons que leur collaboration s'est révélée très efficace.

— Pourquoi ont-ils divorcé, d'après vous ?

— J'ai appris cette triste nouvelle par les journaux et j'ai été indigné par les commentaires stupides des journalistes. Ce divorce ne m'a pas tellement surpris, au fond… Je n'ai aucune expérience du mariage, mais il doit être difficile d'associer deux caractères aussi différents et aussi trempés. Stephen tenait à son indépendance, Mirella exigeait que l'on tînt compte de ses avis. Bon gré mal gré, leur collaboration aura duré de nombreuses années et le bilan aura été fructueux. Notez bien que je ne m'inquiète ni pour lui ni pour elle : ils ont suffisamment de caractère pour poursuivre leur chemin chacun de son côté.

— N'y avait-il pas un révérend Balthazar Norfolk dans leur entourage ?

Dick Aldwych s'emporta.

— Quel vieil hypocrite ! L'image parfaite du religieux confit en dévotion et qui ne songe qu'à regarder les filles ! Je détestais ce bonhomme, et Stephen ne l'appréciait guère, bien qu'il eût été le conseiller spirituel de ses parents.

— Norfolk vous aurait-il causé du tort ?

— Je lui aurais volontiers cassé la tête ! Figurez-vous qu'il s'était lancé dans l'aquarelle et qu'il se prenait pour un peintre. Quand il m'a montré ses croûtes, j'ai éclaté de rire et j'ai refusé d'encadrer de pareilles horreurs.

Sur un panneau électronique, un voyant s'alluma.

— Excusez-moi, une urgence.

Dick Aldwych s'absenta une dizaine de minutes. Il revint en s'épongeant le front.

— De nouveau une aile cassée, mais ce n'est pas trop grave… Avez-vous encore besoin de moi ?

— Le révérend Balthazar Norfolk aurait-il commis des actes répréhensibles ?

— Pas à ma connaissance, Lord Percival, mais ça ne me surprendrait pas ! Serait-il l'un de vos suspects ?

Angus Dodson fixa le sauveur de cygnes.

— Cela vous intéresse-t-il, monsieur Aldwych ?

— Pas plus qu'autre chose… Mais puisque vous êtes ici et que vous m'interrogez…

Lord Percival posa la bourse à souverains sur le bureau.

— Tiens, ce vieux gadget… Stephen m'a montré cette boîte en or et m'en a expliqué l'usage. Ça l'amusait de l'utiliser, mais son entourage trouvait cette pratique déplacée.

— Donc, cet objet lui appartient.

— Un petit trésor familial. Je déteste, mais il paraît que cette bourse a de la valeur. Mais… Où l'avez-vous trouvée ?

— C'est nous qui posons des questions, rappela le superintendant.

— D'accord, ne vous fâchez pas !

— Avez-vous entendu parler de Billy Wilton ? interrogea Lord Percival.

— L'ennemi mortel de Stephen ! Il a tenté de lui extirper une forte somme pour monter un ballet qui ne s'élevait guère au-dessus du caniveau. Stephen s'en est aperçu à temps, a interrompu le financement et a passé un sacré savon au petit Billy qui ne le lui a jamais pardonné.

— Se sont-ils revus ?

— Je n'en sais rien, mais ça m'étonnerait… Car l'un d'eux serait sorti très amoché de la confrontation. Stephen n'est pas un homme violent, mais il ne supportait pas ce danseur excité.

— Et vous ?

Dick Aldwych haussa les épaules.

— C'est un agitateur comme il y en a tant… Il fait n'importe quoi, mais avec éclat, et les gens s'y laissent prendre. Il ne faut pas oublier que les moutons aiment bien être tondus. Enfin, tout ça, c'est du passé… Mais vous parliez de crimes et vous m'interrogez à propos de mes anciennes relations… L'une d'elles aurait-elle été assassinée ?

— Connaissez-vous Theobald Dixter ? demanda le superintendant.

— Non. Qui est-ce ?

— L'une des victimes. Arielle Drugan, Sandra Lockton, Dorothy Bridge… Connaissiez-vous l'une ou l'autre de ces femmes ?

— Désolé, non.

— Et Patricia Langford ?

— Patricia Langford, répéta lentement le propriétaire de l'hôpital des cygnes. Oui, ce nom-là me dit quelque chose... Mais quoi ?

— Vous intéressez-vous à la politique ? demanda Lord Percival.

— Pas du tout. Pour moi, les politiciens sont tous bâtis sur le même modèle : ambition et corruption. Ils ont la bouche remplie de beaux principes et de grands discours, mais leur unique préoccupation est de manger la plus grosse part possible du gâteau. Voilà longtemps que je ne vote plus. Patricia Langford... Mais qui est-ce, bon sang ?

— N'était-elle pas liée à Stephen Palton ?

Dick Aldwych tâta sa courte barbe.

— Oui, c'est ça... Bien sûr qu'il y a un rapport avec Stephen, et surtout avec sa peinture. Voilà, je me souviens ! Patricia était l'un des modèles de Stephen, et même son modèle préféré ! Sa principale spécialité, c'étaient les nus, et il ne puisait pas son inspiration dans l'imaginaire ! J'ai croisé Patricia Langford deux ou trois fois... Quelle femme superbe ! C'est en partie grâce à elle que Stephen a commencé à avoir du succès, car la beauté de Patricia n'a pas manqué d'attirer les amateurs ! Comme le peintre a su se montrer à la hauteur de son modèle, vous imaginez le triomphe !

— Patricia Langford était-elle la maîtresse de Stephen Palton ?

— Je n'en sais rien, Lord Percival, mais je ne crois pas. Stephen avait la fibre sentimentale plutôt fidèle, et il ne confondait pas plaisir et métier.

— Le peintre et son modèle se sont-ils querellés ?

— Pas à ma connaissance.

— Vous-même, vous n'avez pas revu Patricia Langford depuis votre installation ici ?

— Non.

— Alison Keat et Thomas Edward font-ils partie de vos relations ?

— Non, Lord Percival. Dites-moi... Répondez au moins à une question : soupçonnez-vous Stephen d'avoir commis une série de crimes ?

Les deux enquêteurs restèrent muets.

— Un homme ne peut pas changer à ce point, poursuivit Dick Aldwych. Stephen est un artiste, pas un tueur ! Ce n'est sûrement pas la bonne direction.

— Et quelle serait-elle ? interrogea Angus Dodson.

— Comment pourrais-je le savoir ? Je suis complètement étranger à ces horreurs, je vous l'ai déjà dit !

— Êtes-vous certain de ne rien nous avoir caché, monsieur Aldwych ?

— Je... Je ne comprends pas.

— N'avez-vous pas gardé le silence sur la véritable raison qui vous a contraint à changer brutalement de profession ?

— Non, bien sûr que non ! C'est moi, et moi seul, qui ai pris cette décision parce que j'avais envie de venir en aide aux cygnes. Il n'y a aucune autre raison.

Dick Aldwych s'était levé pour protester avec véhémence.

— Vous n'auriez pas le culot de me soupçonner, moi aussi ? Ce serait quand même un peu fort !

— J'espère que vous n'avez pas l'intention de quitter Londres ces prochains jours.

— Ni ceux-là, ni les suivants ! Je m'occupe des cygnes blessés, superintendant. Pour eux, il n'y a pas de vacances et moi, je dois rester fidèle au poste. Au lieu de me poser des questions stupides, vous feriez mieux de m'envoyer des bénévoles pour s'occuper de ces pauvres bêtes et d'arrêter les sadiques qui les agressent ! Parfois, on se demande à quoi sert la police.

37.

Un nouveau scandale perturbait la cour. Lors d'une cérémonie officielle, en raison de la chaleur, le duc d'Édimbourg était apparu coiffé d'un panama. Or, on n'était qu'au début de *glorious june*, le glorieux mois de juin, et chacun savait qu'il était hors de question de porter un panama en ville avant le 15, et plus précisément pour les courses d'Ascot.

Les journaux étaient remplis de l'événement qui donnait lieu à une féroce polémique entre les partisans de la tradition pure et dure, et ceux de la libéralisation du port du panama. Seuls les martinets, qui traçaient de grands cercles au-dessus des toits de Londres et jouaient dans les rayons du couchant, ne semblaient pas concernés par ce drame.

Avant de regagner son domicile pour prendre un repos bien mérité, Nickney avait déposé les deux enquêteurs devant un petit restaurant de Belgravia où l'on servait un succulent pâté en croûte, de véritables soles de Douvres, une charlotte en chocolat à se damner et un petit bourgueil qui redonnait de l'optimisme. Ce n'est qu'en attaquant la deuxième bouteille qu'Angus Dodson commença à se détendre.

— Quelle fichue journée, Lord Percival ! Tous ces cadavres… et le brouillard complet. Enfin, pas tant que ça… L'étau se resserre sur Stephen Palton, même si l'on ne peut éliminer d'autres suspects. Il a vraiment beaucoup menti !

— Surtout par omission, admit le châtelain. Pourquoi n'a-t-il pas dit que Patricia Langford était un modèle vedette ?

— Pour une raison simple : Arielle Drugan, Sandra Lockton et Dorothy Bridge étaient *aussi* ses modèles.

— J'étais parvenu à la même conclusion, mon cher Dodson.

— À partir de là, tout est simple : pour une raison qui reste à déterminer, peut-être une crise grave d'ordre artistique, Stephen Palton a décidé de supprimer les femmes qu'il avait peintes et qui lui avaient apporté le succès.

— Reste Theobald Dixter.

— Il y a peut-être un second criminel.

— C'est peu vraisemblable, puisque la technique du meurtre a été exactement semblable.

— Problème gênant, reconnut Angus Dodson. Mais je suis persuadé que nous tenons un fil solide.

— Encore faut-il prouver que les quatre femmes assassinées étaient bien des modèles de Stephen Palton.

— Pour Patricia Langford, c'est établi. Étant donné ses ambitions politiques, elle avait tout intérêt à jeter un voile pudique sur cette expérience. Il en allait de même pour les trois autres, d'ailleurs ; quand on recherche un emploi ou lorsqu'on veut s'imposer dans sa branche, il n'est pas recommandé de rappeler dans son curriculum vitae que l'on a été modèle nu. Mes services mènent une enquête approfondie sur le passé de ces femmes… Nous saurons vite si nous sommes sur la bonne voie.

— Il y a aussi les catalogues d'exposition de Palton... Comme il dessine avec précision, on reconnaîtra aisément les visages des victimes.

— Excellent, Lord Percival ! J'appelle le Yard.

— Un instant... Nous pouvons gagner beaucoup de temps et peut-être sauver des vies. Supposez que Palton se sente menacé, sur le point d'être identifié, et qu'il fasse actuellement le portrait d'une ou de plusieurs femmes...

— Il va les supprimer, c'est certain ! Allons immédiatement chez lui.

Angus Dodson vida son verre et ne prit pas le temps de mastiquer son dernier bout de charlotte.

Dehors, le chauffeur de Lord Percival avait pris le relais de Nickney. La confortable Rolls grenat emmena promptement les deux enquêteurs au domicile de Stephen Palton.

À l'instant même où ils arrivèrent, le peintre fermait sa porte. Vêtu d'une élégante veste de smoking blanc et d'un pantalon carmin, il fumait un Montecristo A.

— Vous revoilà... Pardonnez-moi, mais je suis pressé. On m'attend pour dîner.

— Désolé, vous serez en retard, dit le chef superintendant avec une expression de bouledogue.

— C'est hors de question !

— Ou vous répondez immédiatement à nos questions, ou bien je vous arrête et je vous emmène au Yard.

— C'est un abus de pouvoir, un...

— De graves soupçons pèsent sur vous, monsieur Palton. À votre place, je tenterais de les dissiper au plus tôt.

— Entendu... Entrez, et faisons vite.

Le téléphone portable de Dodson sonna. Il l'extirpa

de sa poche et écouta attentivement un rapport pendant trois longues minutes.

Au regard du superintendant, Lord Percival comprit que la situation du peintre venait de s'aggraver.

Ce dernier faisait les cent pas dans son salon, visiblement très irrité. Avec nervosité, il manipulait sa guillotine à cigares.

— Alors, qu'est-ce qui ne va pas ?

— Pourquoi avoir omis un élément essentiel concernant Patricia Langford ?

Le peintre évita le regard du châtelain.

— Je ne comprends pas...

— Ne vous enfoncez pas dans le mensonge, monsieur Palton.

— Mais je vous ai tout dit sur elle ! Elle était ma maîtresse, elle voulait devenir ministre, je n'avais absolument pas l'intention de l'épouser et je regrette vivement sa disparition. Que dois-je inventer pour vous faire plaisir ?

— Pourquoi tenez-vous tant à cacher qu'elle a posé nue pour vous ?

Comme frappé par la foudre, le peintre s'affala dans un fauteuil et lâcha la guillotine.

— Ah... Vous avez découvert ça...

— C'est bien exact ?

— Oui, oui, Patricia a posé pour moi quand elle était jeune. Mais cette période est révolue, et j'avais complètement oublié ce détail.

— Ce n'est guère crédible, insista Lord Percival. Patricia Langton n'est-elle pas liée au début de votre succès international ?

— Je ne sais plus...

— Toute carrière comporte des temps forts. Pour vous, la collaboration avec Patricia Langford fut l'un d'eux. Sa beauté et votre talent vous ont permis de vous affirmer et de connaître la gloire et la fortune. Vous n'avez pas pu l'oublier.

— J'ai peint tant de paysages, à l'époque, que tout se confond...

— Votre spécialité, c'est le nu. Et vous n'avez certes pas oublié Patricia Langford, puisqu'elle est devenue votre maîtresse.

— Seulement après mon mariage !

— Admettons, monsieur Palton, mais vous n'avez toujours pas répondu à une question essentielle : pourquoi nous avoir caché qu'elle était votre modèle ?

Les doigts du peintre se crispèrent sur son havane, comme s'il s'accrochait à une bouée de sauvetage.

— Ma mémoire...

— Ça suffit, trancha Dodson, irrité. Cessez de nous prendre pour des imbéciles !

La colère du superintendant aux allures de Falstaff tétanisa Stephen Palton.

— Bien, bien, ne vous énervez pas... En réalité, je songeais à préserver sa réputation. Après avoir posé pour moi, Patricia s'est engagée sur un chemin bien différent. Si les journaux à scandales avaient découvert cet épisode, ils n'auraient pas manqué de la persécuter. Je lui avais promis une totale discrétion et, si les rats s'étaient approchés d'elle, j'aurais même nié farouchement qu'elle avait été mon modèle. Je lui devais bien ça, non ?

— C'est chevaleresque, reconnut Lord Percival, mais vos explications ne sont pas satisfaisantes.

Le peintre se révolta.

— Mais pourquoi ? Cette fois, je vous ai tout dit !

— Je ne crois pas. Nous ne sommes pas des journalistes et, lorsque nous vous avons interrogé au sujet de Patricia Langford, nous vous avons appris qu'elle était morte. Sa carrière politique n'avait, hélas ! plus aucune importance, et vous n'aviez donc aucune raison de nous cacher qu'elle avait été votre modèle.

— Son honorabilité...

— Ça ne tient pas, Palton, et vous le savez ! intervint de nouveau le chef superintendant.

— Je... je ne peux rien dire d'autre.

— Nous allons vous aider, avança Lord Percival. Patricia Langford ne fut pas votre seul modèle, n'est-ce pas ?

38.

Le peintre tourna un regard affolé vers Lord Percival.

— Non, bien sûr, mais…

— Il suffit de fréquenter les expositions et de consulter les catalogues de vos œuvres pour constater que d'autres muses vous ont inspiré. Arielle Drugan, par exemple.

Stephen Palton se cala dans son fauteuil.

— Elle fut bien votre modèle ?

— Oui, Lord Percival.

— Sandra Lockton également ?

— Oui.

— Et Dorothy Bridge ?

— Elle aussi ! Vous avez forcément vérifié…

— Voilà la véritable raison pour laquelle vous avez soigneusement évité de nous révéler que Patricia Langford avait été votre modèle. Nous vous aurions forcément demandé si les autres victimes avaient posé pour vous.

— Oui, c'est vrai… Ma position aurait été délicate.

— Elle l'est encore plus aujourd'hui, estima Dodson. Non seulement les quatre femmes assassinées étaient bien vos modèles, mais encore vous avez menti par omission. C'est extrêmement grave.

— Un peintre ne tue pas ses modèles, superintendant ! Et puis toutes ces filles avaient déniché un job intéressant, et nous n'avions plus aucune relation.

— Dans le cas de Patricia Langford, rectifia Lord Percival, c'est inexact.

— Elle est l'exception.

— N'avez-vous pas été l'amant de vos autres modèles ?

— Mais non ! J'aimais ma femme, elle comblait tous mes désirs.

— Patricia Langford, Arielle Drugan, Sandra Lockton, Dorothy Bridge... C'est le bon ordre chronologique ?

— Oui, Lord Percival.

— Quel est votre modèle actuel ?

— Il n'y en a pas. Dorothy m'a quitté il y a plus de six mois. Plus exactement, je n'avais plus besoin d'elle, car j'ai une bonne cinquantaine de toiles à mettre au point en partant des esquisses et des dessins qu'elle m'a inspirés. C'est ma façon de travailler... Quand j'aurai terminé cette série-là, je me mettrai en quête d'un nouveau modèle.

— Vous les choisissez de plus en plus jeunes... Est-ce volontaire et conscient ?

— Oui... Je voulais mettre en peinture la jeunesse éternelle de la femme, et il me fallait un corps comme celui de Dorothy pour incarner les images qui me hantaient. Avec elle, cette partie de mon itinéraire pictural s'achève. C'est aux montagnes et aux forêts que je vais demander leur secret, à présent.

Lord Percival posa la bourse à souverains près du cendrier dans lequel Stephen Palton déposait les cendres de son Montecristo A.

Les lèvres du peintre frémirent.

— Nous vous avons déjà montré cet objet, rappela le châtelain, et vous avez affirmé ne pas le connaître.

— Possible, mais quelle importance ?

— Un mensonge, monsieur Palton.

— Écoutez, je…

— Ne vous enferrez pas davantage. Dick Aldwych et le révérend Balthazar Norfolk ont reconnu cet objet. Il appartenait à votre père et vous aimiez l'exhiber. Pourquoi avoir menti ?

— C'est stupide, je l'admets. Un réflexe… Un réflexe stupide, voilà.

— Un peu court, estima Dodson. Cette boîte en or a été découverte chez Theobald Dixter, victime du même assassin qui a tué les quatre femmes.

Le peintre paraissait perdu.

— C'est fou… Je ne vois pas, je ne comprends pas…

— C'est pourtant simple, poursuivit le superintendant : il existe un lien entre vous et Dixter.

— Non, je vous jure que non !

— Alors, comment cette boîte en or a-t-elle pu échouer chez lui ?

— Il a dû la voler… Je ne savais même plus où elle se trouvait !

— Encore votre mémoire défaillante !

— Je possède des milliers d'objets et je serais bien incapable d'en établir la liste.

— Vous aimiez beaucoup cette bourse à souverains.

— Elle m'amusait, sans plus.

— Vous maintenez donc ne jamais avoir rencontré Theobald Dixter ?

Stephen Palton reprit de l'assurance.

— Je le maintiens et je vous mets au défi de prouver le contraire !

Le chef superintendant eut un sourire carnassier.

— Si nous parlions de vos alibis ?

Le peintre ralluma son cigare qui menaçait de s'éteindre.

— Si vous voulez…

— Dans ce domaine, vous ne nous avez rien caché ?

— Je ne crois pas, superintendant.

— Pour la soirée du dimanche et les premières heures du lundi, votre alibi est invérifiable. En revanche, pour la soirée du mercredi, mes services ont enquêté. Et ça ne va pas, Palton. Pas du tout.

— Que me reprochez-vous ?

— Vous avez prétendu avoir dîné en ville, chez Tudor, et avoir consommé des champignons à la grecque, une sole de Douvres et un sorbet cassis.

— J'ai pu me tromper…

— Il n'y a aucune trace de votre passage dans ce restaurant, ce soir-là.

— Évidemment, j'ai payé en espèces.

— Ni les patrons, ni les serveurs, mis en présence de votre photographie, ne vous ont vu mercredi soir.

— Ou bien ils ne sont pas physionomistes, ou je me suis fait très discret… Et j'ai pu me tromper de restaurant. Pour moi, c'est un détail sans importance.

— Et quel serait… le bon restaurant ?

— Si j'ai confondu avec Tudor, comment voulez-vous que je m'en souvienne ?

— Ensuite, affirmez-vous, vous êtes allé au cinéma et vous avez vu *Rio Bravo*, un film avec John Wayne.

— En effet.

— Malheureusement pour vous, aucune salle de cinéma ne programmait ce film ce soir-là.

— Ce devait être un autre John Wayne… Je les confonds tous.

— Il y avait bien *Alamo*, dans un cinéma de quartier de la banlieue est, mais vous n'aviez aucune raison de vous rendre là-bas. Votre alibi pour mercredi soir ne tient pas debout, Palton !

— Pourquoi aurais-je besoin d'un alibi ? Je ne suis coupable de rien, moi ! Occupez-vous plutôt d'arrêter le véritable assassin et de faire interner une droguée comme mon ex-femme !

— C'est une accusation grave, estima Lord Percival.

— Elle croit que je ne me suis aperçu de rien... Mais la dernière fois que je suis allé chez elle, j'ai bien vu la boîte remplie de poudre blanche dans le tiroir de sa commode en laque. Je m'en doutais depuis longtemps, d'ailleurs. Pour être exaltée à ce point-là, il faut absorber des cochonneries... Avec tout l'argent dont elle dispose, Mirella peut s'acheter tous les paradis artificiels.

— Lui avez-vous parlé de votre découverte ?

— Ça n'aurait servi à rien, Mirella n'écoute qu'elle-même. Avant notre divorce, je n'avais aucune influence sur elle, alors maintenant...

Lord Percival s'exprima d'une voix posée.

— Dites-nous où vous vous trouviez mercredi soir et jeudi matin.

39.

Stephen Palton parut accablé.

— Écoutez, Lord Percival, je ne suis pas un assassin. C'est la seule chose qui compte, non ?

— Vous n'avez donc aucun alibi.

— J'aurais pu rester chez moi, regarder la télévision et dormir. Adoptez cette version-là, si elle peut vous convenir… Qu'est-ce que ça change, puisque je ne suis pas concerné ?

— Nous ne sommes pas au bout de vos mensonges, intervint Angus Dodson. Vous apprendrez avec intérêt que des enquêtes de proximité ont été menées pour chacun des cinq meurtres. À deux endroits, des témoins ont vu passer une motocyclette presque silencieuse. Celui qui la conduisait était vêtu d'une combinaison de cuir noir, portait des bottes et un casque intégral. Nous avions déjà un troisième témoignage, peu fiable en apparence, mais qui doit donc être pris en considération.

« Le squatter ne s'était donc pas trompé », pensa Lord Percival.

Les mains du peintre tremblaient.

— Vous… Vous avez identifié ce motard ?

— Étant donné les précautions qu'il a prises, ce

sera difficile. Mais je suis persuadé qu'il s'agit de l'assassin.

— Je vous souhaite de l'arrêter au plus vite, superintendant.

— N'étiez-vous pas amateur de moto, monsieur Palton ?

— Je suis monté sur ce type d'engin, il y a longtemps.

— Vous êtes trop modeste… D'après un témoin, vous adoriez la vitesse, vous pilotiez une moto rapide et vous possédiez une combinaison noire et un casque.

Les lèvres du peintre se pincèrent.

— Quel est ce témoin ?

— Billy Wilton.

— Vous n'allez quand même pas prêter foi aux ragots proposés par ce dépravé ! Je vous ai dit qu'il était mon pire ennemi et qu'il ferait tout pour me nuire.

— En creusant un peu, nous découvrirons d'autres témoignages objectifs. Wilton a-t-il dit la vérité ou non ?

Stephen Palton tira une bouffée de son Montecristo A.

— Oui, en partie… Voilà longtemps que j'ai abandonné la moto.

— Auriez-vous conservé la combinaison et le casque ?

— Bien sûr que non !

Le regard du superintendant se fit acéré.

— Vous êtes dans de sales draps, Palton.

Le peintre sembla étonné.

— Mais pourquoi ? Je suis innocent !

— Ce n'est pas mon avis.

— Vous ne parlez pas sérieusement, superintendant !

— On a retrouvé des déchets de Montecristo A chez deux des victimes, votre bourse à souverains chez une troisième. Les quatre femmes ont été vos modèles, Patricia Langford était votre maîtresse. Pour les heures des crimes, vous n'avez pas d'alibi. Vous savez piloter une moto. Et vous ne cessez de mentir. Ne trouvez-vous pas le tableau assez sombre ?

Le peintre se révolta.

— Cette fois, j'en ai assez ! Vous ne possédez aucune preuve, seulement de vagues indices que vous amalgamez pour renforcer une idée préconçue !

— Ce n'est pas mon style, Palton.

— Et d'abord, superintendant, quel serait mon mobile ? On n'assassine pas plusieurs personnes sans raison !

— Le moment est venu d'avouer, estima Dodson. Vous pensiez avoir commis des crimes parfaits et rester hors d'atteinte. Mais une série de petites erreurs vous désigne.

— Uniquement dans votre esprit, superintendant ! Vous n'avez contre moi que des présomptions, aucune certitude. Sinon, vous m'arrêteriez.

— Vous avez raison, reconnut Dodson, mais ce n'est que partie remise. Puisque vous refusez d'avouer, nous obtiendrons les preuves de votre culpabilité.

— Je ne vais quand même pas avouer des crimes que je n'ai pas commis !

— Les coïncidences sont trop nombreuses.

— Eh bien, revoyez vos théories ! À propos, suis-je autorisé à dîner chez les amis qui m'ont invité ?

— Leur nom ?

— Je ne suis nullement obligé de vous le dire, mais je n'ai rien à cacher. Il s'agit de M. et Mme Sikuyo, agents artistiques japonais. Ils me préparent une énorme exposition à Tokyo.

Rageur, le peintre griffonna quelques lignes sur un morceau de papier.

— Voici leur adresse et leur numéro de téléphone. Vous pourrez vérifier.

— Votre emploi du temps pour demain ?

— Dormir et peindre dans mon atelier.

— À bientôt, monsieur Palton.

La Rolls de Lord Percival raccompagna le superintendant au Yard.

— Stephen Palton n'a pas craqué, déplora Dodson. Il est plus coriace que je ne le supposais, mais il finira bien par céder.

— Ce n'est pas certain, objecta le châtelain.

— Nous allons mettre sur lui la pression maximum ! Palton n'est quand même pas un surhomme.

— S'il est bien l'assassin, il a le sang froid et même glacé. Ni les soupçons ni les menaces ne l'effraieront.

Une horrible pensée traversa l'esprit d'Angus Dodson.

— Vous ne croyez quand même pas que nous pourrions... échouer ?

— La nuit porte conseil, superintendant.

— Je n'ai pas l'intention de dormir et je vais continuer à dynamiser mes troupes. Il me faut au plus vite le résultat des investigations en cours.

— Je vous rejoins demain matin, à 7 heures.

Lord Percival se fit déposer assez loin de son hôtel particulier de Mayfair. Il avait envie de réfléchir en marchant et de goûter cette douce nuit de juin.

Il s'engagea dans une allée de Green Park, peuplé de réverbères et de bancs en fonte. Les vastes étendues d'herbe s'animaient de tilleuls et de platanes qui transplantaient le citadin dans une campagne sereine, loin de l'agitation de la ville. À midi, des employés du secteur de Piccadilly venaient volontiers y pique-niquer et nourrir les oiseaux les moins farouches. Fauvettes à tête noire, mésanges à longue queue et pouillots siffleurs au poitrail jaune fréquentaient l'endroit en toute quiétude.

Quelle étrange affaire… La piste politique, si inquiétante, s'était évanouie, mais fallait-il vraiment l'abandonner ? Qui, parmi les personnes interrogées, avait été totalement sincère ? Et il fallait peut-être redouter de nouveaux crimes.

Le mobile de l'assassin… Voilà le point crucial, surtout dans cette enquête. Parfois, comprendre le mécanisme d'un crime permettait de soulever la totalité du voile ; dans le cas présent, la situation était plus complexe.

C'est une chouette qui alerta Lord Percival.

À une centaine de mètres derrière lui, elle décolla en poussant son cri caractéristique. Quelqu'un l'avait dérangée.

Le châtelain se retourna au moment où un nuage masquait la lumière de la lune. Il eut à peine le temps de distinguer une tête bizarre qui fonçait vers lui à pleine vitesse, avec une sorte de ronronnement.

Une motocyclette au moteur parfaitement réglé et presque silencieux, conduite par un pilote à la combinaison noire et au casque intégral.

Lord Percival plongea sur sa gauche, comme s'il prenait le départ d'un cent mètres nage libre aux jeux Olympiques. Le choc avec la pelouse fut plutôt brutal, mais la motocyclette tueuse ne fit que l'effleurer.

L'Écossais se releva aussi vite qu'il le put et tenta de courir en direction d'un tilleul dont il était décidé à escalader le tronc, persuadé que l'agresseur ne renonçerait pas. Comme sa cheville gauche ne répondait pas à ses sollicitations, le châtelain avançait lentement, trop lentement.

Et la motocyclette revint.

Lord Percival buta sur une racine et s'étala de tout son long.

L'engin de mort approchait à grande vitesse.

Au dernier moment, l'Écossais roula sur lui-même. Quelque chose lui heurta le front, il faillit perdre connaissance.

La troisième tentative serait la bonne. La motocyclette lui passerait sur la tête.

Lord Percival pensa à Lady Ophelia, à Abercrombie et à son château… La vie n'avait pas que de mauvais côtés.

Ce fut l'amour qui sauva le dernier descendant des chevaliers de la Table Ronde. Un couple de jeunes gens, arraché à son extase par l'agression, sortit d'un bosquet et apostropha le chauffard qui prit aussitôt la fuite.

40.

— C’est insensé ! s’exclama le chef superintendant quand Lord Percival eut terminé son récit. L’assassin redoute donc que vous parveniez à l’identifier !

— J’espère qu’il ne se trompe pas, mon cher Dodson.

— Ne sortez plus seul, je vous en prie. Ce tueur a prouvé qu’il ne plaisante pas.

— Pour en arriver à troubler la quiétude estivale d’un parc londonien, c’est vraiment un sauvage.

Alors qu’une superbe journée de juin, au cours de laquelle la météo ne prévoyait que trois ou quatre averses, commençait à ensoleiller la capitale, les deux enquêteurs savouraient un café à l’arôme délicat, des toasts croustillants, de la marmelade d’Oxford et des œufs au bacon que le châtelain avait fait préparer et livrer au bureau du chef superintendant.

Les traits tirés, mal rasé, ce dernier se sentait néanmoins d’attaque.

— Votre blessure au front, Lord Percival ?

— C’est une roue qui a dû me toucher. Grâce à la teinture mère d’arnica, je n’aurai pas la moindre bosse.

— Votre cheville ?

— Rien de grave. De la glace, un bon bandage, un

massage répété sur quelques points d'acupuncture, pas de marathon dans l'immédiat, et tout ira bien.

— Je viens de feuilleter les journaux… Et ça ne me remonte pas le moral ! Même des quotidiens réputés sérieux évoquent l'hypothèse d'un crime politique.

— Des noms sont-ils cités ?

— Pas encore… Mais comptez sur les tabloïds pour désigner des responsables et tenter de provoquer une belle crise ! Tout cela est dérisoire, et nous sommes déjà samedi. Si nous n'avons pas arrêté l'assassin avant lundi matin, il va recommencer.

— Je suppose que tous les suspects sont sous surveillance.

— Bien entendu, Lord Percival, mais je ne me fais pas trop d'illusions… Un assassin de ce calibre peut être suffisamment habile pour passer à travers les mailles du filet.

— Êtes-vous toujours persuadé de la culpabilité de Stephen Palton ?

— Par moments, j'hésite, à cause d'indices qui semblent nous mener vers d'autres coupables…

— Vous avez noté, je pense, qu'aucune des personnes interrogées ne dispose d'un alibi pour les heures des crimes.

— Curieux, en effet. Seul le peintre a tenté de nous en fournir un, mais c'était un mensonge… Et nous ne connaissons pas encore l'heure précise de la mort de Dixter.

Les cheveux en broussaille, chaussé de vieilles pantoufles, William Melrose entra d'un pas traînant dans le bureau du superintendant.

— Ça sent bon le café, ici… Il ne vous en reste pas une tasse ?

— Servez-vous, lui recommanda Dodson.

Le légiste ajouta une goutte de vodka à son café et grignota un toast.

— Vous êtes aussi fripé que moi, Dodson… Enfin, j'en ai terminé avec vos cadavres ! Mais j'ai déjà un embouteillage de pendus qui m'attend.

— Confirmez-vous vos premières conclusions ?

— Theobald Dixter a bien été tué le premier le jeudi, vers 4 heures du matin, et son cadavre a été traîné dans le jardin. Ensuite, ce fut le tour d'Arielle Drugan vers 5 heures, puis de Sandra Lockton vers 6 heures et enfin de Dorothy Bridge avant 7 heures. Pour ces quatre-là comme pour Patricia Langford, la technique a bien été la même : un coup violent dans le bas-ventre qui rend la victime incapable de se défendre, puis l'utilisation d'un couteau d'écailler. Un assassin et un seul, c'est certain. Fameux, ce café… Bon, j'ai du boulot. Tâchez de vous montrer performants et d'arrêter le carnage. J'aimerais bien souffler un peu, moi.

Lord Percival regardait Londres par la fenêtre. Après avoir accepté les expressions d'un modernisme agressif, la vieille cité commençait à se reprendre.

— J'aimerais procéder à de nouveaux interrogatoires, superintendant. Nous pourrions mettre au jour des détails significatifs.

— Nous pourrions convoquer ici quelques-uns des témoins… Par exemple, Billy Wilton et Dick Aldwych.

— Excellente idée, mon cher Dodson.

Le superintendant donna aussitôt des ordres dans ce sens.

— Un certain Thomas Edward souhaiterait vous voir, avertit le planton.

— Faites entrer.

— Je veux bien, chef, mais il y a une dame qui veut passer devant, et il n'a pas l'air d'accord. Je fais quoi ?

Angus Dodson sortit dans le couloir et découvrit Alison Keat, fort élégante dans son tailleur pastel, aux prises avec un Thomas Edward dont le nez était plus pointu que jamais.

— Je suis fonctionnaire, chère madame, et je dois me rendre à mon bureau à une heure précise. Il ne doit pas en être de même pour vous, je suppose ?

— Pour moi, c'est pire ! Comme je ne suis pas payée à ne rien faire, je dois commencer très tôt et finir très tard, sans compter les minutes qui défilent pour ne pas travailler une seconde de trop. Sans moi, cher monsieur, vous n'existeriez pas !

— Vos insultes ne me touchent pas. J'étais là avant vous et je verrai le superintendant Dodson avant vous.

— La galanterie est un mot absent de votre vocabulaire, semble-t-il.

— En présence de femmes impolies, oui.

— Ça suffit, tonna Dodson. Qu'est-ce que vous voulez, l'un et l'autre ?

Le fonctionnaire adopta une attitude compassée.

— Faire une déclaration de la plus haute importance.

— Moi aussi, renchérit Alison Keat.

— Monsieur Edward, dit le superintendant en s'efforçant d'être aimable, acceptez-vous de laisser votre place à Miss Keat ?

— Puisque vous me le demandez de manière courtoise… Mais sachez que je suis pressé et que je me méfie du bavardage féminin. Je vous prierai de me signer un document qui expliquera à mon chef de service les causes de mon retard.

— Vous pouvez compter sur moi. Entrez dans mon bureau, mademoiselle.

Le parfum d'Alison Keat évoquait les îles lointaines, le vent sucré et le soleil séducteur. Elle s'assit à peine sur le rebord d'une chaise, comme pour signifier que l'univers du Yard n'était pas le sien.

— Je me suis renseignée sur vous, Lord Percival. On vous considère comme un redoutable expert en criminologie.

— Je fais de mon mieux.

— Si vous intervenez, c'est en raison de la complexité de cette affaire. Les journaux évoquent des perspectives politiques plus que nauséabondes. De quoi faire sauter le gouvernement, si l'opinion publique s'enflamme.

— Nous n'en sommes pas encore là.

— Patricia Langford était une personnalité occulte, mais à l'influence grandissante. Les journalistes vont fouiller dans son passé et ils trouveront sans aucun doute quantité d'éléments passionnants. Je hume déjà le parfum d'un joli scandale.

— Votre opinion ne manque pas d'intérêt, se força à dire Angus Dodson, mais pourquoi vouliez-vous nous voir ?

— Pour vous donner la clé de l'énigme, messieurs.

Les yeux noirs d'Alison Keat brillèrent de contentement. Elle savourait son petit effet.

— Nous vous écoutons.

— Certains journaux révèlent les noms et les âges des cinq victimes, quatre femmes et un homme. Patricia Langford était la plus âgée des femmes, elle seule occupait un poste à haute responsabilité. De toute évidence, les autres avaient un emploi de façade.

— Pourquoi cette certitude ?

— Parce que vous vous trouvez devant un cas de

figure bien connue : un réseau de call-girls managé par Patricia Langford et son rabatteur, Theobald Dixter. Ils ont infiltré les milieux politiques et devaient faire chanter ceux qui sont tombés dans leurs filets. Comme ils sont allés trop loin, on les a supprimés.

41.

Alison Keat se leva.

— Ne me remerciez pas, messieurs, je n'ai fait que mon devoir. À vous de jouer.

— Disposez-vous de preuves ? interrogea Dodson, ébranlé.

— À vous de les trouver. Excusez-moi, j'ai du travail.

— Un instant, intervint Lord Percival. Vous aviez comme cliente Patricia Langford, vous étiez la cliente de Sandra Lockton, et vous vous faisiez coiffer par Arielle Drugan. Ce sont des faits bien établis qui prouvent vos liens avec trois des cinq victimes.

L'allure de la spécialiste en communication fut moins triomphante.

— De simples coïncidences… Vous pourriez trouver des dizaines de personnes dans mon cas.

— Votre hypothèse ne tient pas, mademoiselle. Les victimes n'avaient pas une occupation de façade mais exerçaient leur métier à plein temps.

— Vous avez tort de ne pas m'écouter !

— Vous avez pris conscience de la gravité des soupçons qui pèsent sur vous et vous jouez une carte astucieuse pour tenter de vous dédouaner.

Les yeux noirs d'Alison Keat fusillèrent Lord Percival.

— Je suis mêlée à cette affaire par hasard... Uniquement par hasard !

— Espérons-le pour vous.

— Suis-je libre de mes mouvements ?

— Pour le moment, oui.

Furibonde, Alison Keat sortit du bureau de Dodson.

Lui succéda un Thomas Edward ironique.

— Vous avez secoué la petite dame, on dirait... Ça ne lui fera pas de mal. Quand on est prétentieuse à ce point-là, il n'est pas mauvais de recevoir un coup de pied dans le derrière de temps à autre. Ceux qui méprisent les fonctionnaires devraient être passibles d'une taxe pour injure à l'État.

— Que souhaitez-vous déclarer ? demanda Dodson.

— J'ai lu le nom des victimes, dans le journal, et cela m'a donné à réfléchir. À cause de l'étiquette que j'ai offerte à Sandra Lockton, vous me soupçonnez peut-être d'avoir assommé cette malheureuse jeune fille et, qui sait, les trois autres femmes. Ce serait une erreur grave, messieurs. Comme je vous l'ai expliqué, j'ai vécu une sorte de rêve éveillé, un moment de romantisme presque enfantin et rien de plus. C'est pourquoi je suis le plus innocent des hommes. Je vous en donne ma parole, et je suis bien persuadé qu'une parole de fonctionnaire suffira à dissiper vos doutes éventuels. Bonne journée, messieurs.

Angus Dodson s'attendait à une intervention de Lord Percival, mais ce dernier demeura muet.

D'un pas tranquille, Thomas Edward sortit du bureau.

On prévint Angus Dodson que Billy Wilton et Dick

Aldwych avaient été contactés par téléphone et qu'ils se rendraient au Yard en fin de matinée.

— Allons voir Mirella Wimpole, proposa Lord Percival. Je veux éclaircir avec elle certaines zones d'ombre.

La blancheur immaculée de l'appartement de Mirella Wimpole ne manqua pas de surprendre les deux enquêteurs qui connaissaient pourtant les lieux. Curieusement, cette unique couleur n'engendrait ni uniformité ni morosité, mais donnait une impression d'apesanteur.

À 9 heures du matin, l'ex-femme de Stephen Palton, quoique non maquillée, aurait pu rivaliser avec n'importe quel top model. Ses magnifiques cheveux blonds mettaient en valeur la douceur de ses traits, et nulle trace de sommeil n'altérait ses yeux brun clair. Elle portait un déshabillé rose fané qui soulignait ses formes longilignes.

— Pardon de vous importuner si tôt, dit Lord Percival avec le sourire, mais nous avions besoin de vous parler sans délai.

— Entrez et asseyez-vous, messieurs. Je vais m'habiller... Prendrez-vous du thé ou du café ?

Dodson opta pour le café.

L'absence de Mirella Wimpole fut de courte durée. Vêtue d'un pantalon blanc et d'un corsage rouge, elle apporta un plateau blanc sur lequel elle avait disposé une cafetière en argent et des tasses en porcelaine.

— Désirez-vous des toasts, de la confiture ou quelque chose d'autre ? demanda-t-elle de sa voix suave aux tonalités d'alto.

— Ce ne sera pas nécessaire, madame.

Le café était excellent.

— Qu'y a-t-il de si urgent, Lord Percival ?

— La bourse à souverains.

Mirella Wimpole se figea, comme si elle venait d'apprendre une terrible nouvelle.

— Vous voulez dire... Cette petite boîte en or ?

— Quand je vous l'ai montrée, vous ne l'avez pas reconnue. Pourtant, elle appartenait à votre mari et vous avez dû la voir.

Une larme perla au coin de l'œil de l'ex-femme de Stephen Palton.

— Oui, je connaissais cette bourse à souverains qui plaisait beaucoup à Stephen, mais...

— Pourquoi nous avoir menti ?

— Il faut me comprendre, Lord Percival. Stephen et moi, c'est fini, mais on ne peut pas effacer d'un trait tant d'années passées ensemble... J'ai voulu le protéger, tout simplement. Pour vous, cet objet ne pouvait être qu'un indice mettant en cause Stephen.

— Vous avez tenté de nous écarter de lui, et pas seulement en refusant d'identifier cet objet.

— Je... Je ne saisis pas.

— Vous avez omis de préciser que votre amie Patricia Langford avait posé pour votre ex-mari.

Mirella Wimpole ramena doucement les mains sur sa poitrine, comme si elle s'apprêtait à prier.

— C'est vrai, elle était son modèle... Comme le furent ensuite Arielle Drugan et Sandra Lockton. Mais ces relations professionnelles suffisent-elles à faire de Stephen un assassin ? Je suis persuadée qu'il ne m'a pas trompée avec ces femmes et qu'il s'est comporté de manière tout à fait correcte avec elles. Il éprouvait une réelle considération pour ses modèles, et aucune n'a eu à se plaindre de lui.

— Vous n'avez pas cité Dorothy Bridge.

— Parce que je ne la connais pas. Est-elle le nouveau modèle de Stephen ?

— En effet.

— Soyez persuadés que mon ex-mari est incapable d'exercer une quelconque violence sur une femme, dit Mirella Wimpole avec véhémence. Pour lui, elles sont l'incarnation de l'art et le sens de son œuvre.

— Il n'en reste pas moins que les quatre femmes assassinées étaient ses modèles, rappela Dodson, et que plusieurs indices convergent vers Stephen Palton.

— Votre ex-mari a porté contre vous une grave accusation, ajouta Lord Percival. D'après lui, vous vous droguez. Et c'est à cause de la drogue que votre caractère s'est détérioré, jusqu'à provoquer le divorce.

Mirella Wimpole parut étonnée.

— Pourquoi Stephen invente-t-il de pareilles horreurs ?

— Toujours d'après lui, la preuve est facile à établir : elle se trouve dans le tiroir de votre commode en laque.

— Et… Vous aimeriez vérifier ?

— S'il vous plaît, madame.

— Ma parole ne vous suffirait-elle pas ?

— Lord Percival est un gentleman, intervint Dodson, et il s'en contenterait certainement. Pour moi, en tant que chef superintendant de Scotland Yard, elle ne me suffit pas.

— Ne vous faut-il pas… un mandat de perquisition ?

— Le voici, madame.

Mirella Wimpole ne consulta pas le document que lui tendait Dodson. La tristesse assombrit son visage.

— Vous me peinez, messieurs, mais puisqu'il faut en passer par là… Cette commode est sur votre gauche.

Dodson se leva et marcha jusqu'au meuble dont il tira le tiroir.

À l'intérieur, une boîte blanche qui contenait de la poudre blanche.

42.

Le superintendant préleva un peu de poudre blanche avec son index et le porta à sa langue.

— Mais… Ce n'est pas de la drogue… On dirait…

— Du talc, précisa Mirella Wimpole. Je souffre des vertèbres cervicales, et mon médecin m'a conseillé de me masser le cou plusieurs fois par jour avec du talc pur, sans aucun additif. L'ordonnance se trouve également dans ce tiroir.

Penaud, Dodson le repoussa.

— À votre avis, madame, pourquoi votre ex-mari a-t-il inventé cette histoire ? interrogea Lord Percival.

— Il doit être complètement désemparé…

— Par moments, il paraît très sûr de lui.

— Pour une bonne raison : il est innocent.

— À ce point de notre enquête, madame, vous ne devez plus rien nous cacher, même si ce que vous savez est défavorable à votre mari. Je vous demande de penser aux cinq victimes et pas seulement à votre vie commune avec un homme qui, pour des raisons que vous ignorez, a peut-être beaucoup changé.

Mirella Wimpole hésita.

— Je n'ai plus rien à vous cacher, Lord Percival, mais je crains que vous ne soyez persuadé de la culpabilité de mon mari. Moi pas. Quand vous m'apporterez une preuve irréfutable, je vous croirai.

Dick Aldwych était arrivé au Yard avec une demi-heure d'avance sur sa convocation et il faisait les cent pas dans le couloir. Vêtu d'un pantalon de velours et d'une veste de serge, il avait omis de se raser.

Dès qu'il aperçut les deux enquêteurs, il vint au-devant d'eux.

— Vous ignorez que je suis débordé ou quoi ? Me convoquer ici, c'est me faire perdre des heures de travail et mettre des cygnes en danger !

— Baissez le ton, ordonna Dodson, entrez dans mon bureau et asseyez-vous.

Aldwych tenta de résister.

— Vous n'avez pas le droit de…

— Nous cherchons un assassin et nous avons le devoir de le trouver. Ça vous suffira ?

— Ne vous énervez pas… Il faut me comprendre !

Le directeur de l'hôpital des cygnes s'assit.

— Alors, qu'est-ce que vous me voulez ?

— Résumons, proposa Lord Percival qui demeura debout derrière Dick Aldwych. Votre existence se sépare en deux parties bien distinctes : celle de l'encadreur et celle du sauveur de cygnes. Or, la rupture entre ces deux étapes si différentes fut particulièrement brutale. Si brutale que nous sommes intrigués.

— Intrigués… Pour quelle raison ?

— Il doit exister une explication à ce changement de vie : voilà ce que nous désirons savoir.

— J'ai quitté une activité professionnelle pour une passion, voilà tout ! Il n'existe pas d'autre explication.

— Voyons les choses autrement. Chez Arielle Drugan, il y avait une reproduction de Gainsborough encadrée par vos soins. Vous étiez donc en relation avec elle.

— Pas du tout ! C'est sûrement un cadeau que lui a offert Stephen. Il la considérait comme un excellent modèle et, de temps à autre, il aimait le lui faire savoir. Stephen m'avait cité son nom, mais je ne l'ai jamais rencontrée.

— Chez Patricia Langford, on a retrouvé un petit cygne en plâtre, le cou brisé, et une photographie très joliment encadrée ; chez Theobald Dixter, un autre petit cygne en bronze maculé de rayures rouges.

Dick Aldwych posa les mains à plat sur ses genoux.

— C'est étrange...

— Il n'y a pas beaucoup de spécialistes des cygnes, monsieur Aldwych. Ces indices, en rapport avec vos deux métiers, vous mettent en relation directe avec trois des cinq victimes.

— Vous avez signé vos meurtres, affirma Dodson, le regard dur. Pourquoi les avez-vous commis ?

Très pâle, Dick Aldwych se leva lentement.

— Vous ne pensez pas ce que vous dites...

— Vous avez changé de vie pour un motif grave, et c'est à cause de ce motif que vous avez supprimé plusieurs personnes qui auraient pu le dévoiler. Parlez, Aldwych.

— Vous vous trompez, superintendant, je vous jure que vous vous trompez ! Je ne suis coupable de rien, j'ai simplement réalisé une vocation cachée ! Est-ce un crime ?

— Si vous êtes coupable, Aldwych, nous le prouverons.

— Je peux partir ?

Dick Aldwych profita du silence de Dodson pour sortir du bureau à toutes jambes.

Le téléphone sonna.

— Dodson… Ah, révérend… Oui, il est ici… Je vous le passe.

Le superintendant tendit le combiné au châtelain.

— Balthazar Norfolk souhaite vous parler.

— Bonjour, révérend… Entendu, vers 15 heures.

L'Écossais raccrocha.

— Que veut le révérend ? demanda Dodson.

— Me voir seul à seul, dans un petit cimetière proche de chez lui.

— Ne prenez pas ce risque, Lord Percival ! Oubliez-vous qu'on a tenté de vous tuer ?

— Je vois mal le révérend enfourcher une motocyclette.

— Il a pu payer un tueur pour vous effrayer. Si vous tenez à le rencontrer sur ce terrain, je vous ferai protéger discrètement.

Retenu par le planton, Billy Wilton fit néanmoins irruption dans le bureau du superintendant.

Sa combinaison jaune fluo ne passait pas inaperçue.

— Que signifie cette convocation ? Vous avez oublié qui je suis, ma parole !

Furibond, Angus Dodson agrippa le danseur par le col de sa combinaison.

— Scotland Yard n'est pas un théâtre, Wilton ! Quand on est suspecté de crime, on adopte un profil bas.

Subjugué par la puissance virile du superintendant, Billy Wilton opina du chef et s'assit doucement sur une chaise, comme un garnement assagi.

— Il va falloir tout nous dire, mon garçon.

Le chorégraphe sourit.

— Mais… Je vous ai tout dit !

— Nous avons établi vos liens avec Arielle Drugan, l'une des victimes.

— Pas du tout ! Cette fille est tombée amoureuse de

moi, mais je ne partageais pas ses sentiments. De temps à autre, je suis victime de ce genre d'incident. La plupart des filles qui adorent les artistes sont complètement stupides ; elles s'accrochent à leurs idoles sans tenir compte de leur sensibilité propre. Cette Arielle aurait dû comprendre qu'elle me laissait indifférent.

— Vous n'avez guère de pitié pour cette malheureuse, remarqua Lord Percival.

— C'est triste, d'accord, mais qu'y puis-je ? S'il fallait pleurer sur la mort de toutes les victimes, notre existence ne serait qu'un torrent de larmes ! Moi, je suis un artiste révolutionnaire et je dois faire exploser la forme pour dynamiter la bourgeoisie. Le reste n'a que peu d'importance.

— Vous détestez les femmes, rappela Angus Dodson.

Le chorégraphe eut une moue dégoûtée.

— Il est évident qu'elles ne sont pas ma tasse de thé.

— Les détestez-vous… au point de les tuer ? demanda Lord Percival.

Billy Wilton sursauta.

— Certainement pas ! Ce sont des êtres dangereux et pervers, entendu, mais je prends soin de m'en écarter.

— Nous n'en sommes pas si sûrs.

Le blondinet parut mal à l'aise.

— Vos doutes sont sans fondement, Lord Percival ! Je vous répète que je n'ai pas eu la moindre relation avec cette Arielle Drugan.

— Vous avez quand même omis de nous signaler un fait capital.

— Lequel ?

— Vous connaissez une autre victime : Dorothy Bridge.

43.

Billy Wilton rentra la tête dans ses épaules.

— Ce n'est pas possible...

— Pourquoi continuer à mentir ? demanda Lord Percival.

— Écoutez... Je n'ai rien à voir avec tous ces crimes, je suis un artiste ! Vous devriez cesser de m'ennuyer, ou bien je vais faire une crise de nerfs.

— Nous avons de quoi vous calmer, Wilton ! tonna Angus Dodson. Affrontez la vérité et répondez à cette question : pourquoi avez-vous obligé Dorothy Bridge à vous maquiller en femme ?

Bondissant comme un diable qui jaillit d'une boîte, le chorégraphe tenta de s'enfuir.

Il se heurta au planton qui, avec l'aide d'un collègue, le ramena dans le bureau de Dodson.

— Ou bien vous vous tenez tranquille, ou je vous fais attacher à cette chaise.

Penaud, Billy Wilton tenta de se justifier.

— Vous me faites peur, avec vos histoires... Ce n'est pas bien de torturer ainsi un innocent. Pourquoi avez-vous inventé cette fable ?

— Malheureusement pour vous, précisa Lord Percival, nous disposons d'un témoignage précis.

Le danseur tourna des yeux affolés vers le châtelain.

— Qui… qui a proféré ce mensonge ?

— Un homme digne de confiance, puisqu'il s'agit du révérend Balthazar Norfolk.

— Vous le sortez de votre manche… Je n'ai jamais rencontré ce type-là !

— Lui non plus ne vous connaît pas, mais il connaissait Dorothy Bridge. C'est elle qui lui a confié qu'elle avait maquillé en femme le célèbre Billy Wilton. Étrange déguisement, n'est-ce pas ? S'il s'agissait de danse et de spectacle, vous auriez utilisé les services de votre maquilleuse habituelle et vous n'auriez pas eu besoin de vous adresser à quelqu'un d'extérieur. Vous aviez donc bien l'intention de vous déguiser et de passer inaperçu.

Angus Dodson sentit que l'on approchait du but.

— Ce n'est pas du tout ce que vous pensez…

— À quoi pensons-nous, à votre avis ?

— À m'accuser de crime !

— C'est une explication plausible, ne trouvez-vous pas ?

— Vous vous trompez complètement.

— Alors, dites-nous la vérité.

— Je veux bien, dit le danseur d'une voix brisée, mais il faut me promettre de garder le secret.

— Vous n'êtes pas au confessionnal, trancha Dodson. Parlez, ou je vous arrête pour le meurtre d'Arielle Drugan dont vous vouliez vous débarrasser et pour celui de Dorothy Bridge que vous vouliez faire taire.

Se sentant pris dans une nasse d'où il ne sortirait pas par de simples dénégations, le danseur s'exprima à voix basse.

— J'aimais vraiment beaucoup mon petit ami, le Pakistanais intégriste… Il voulait exterminer tous les incroyants, d'accord, mais il était affreusement beau. Quand il a décidé de me quitter, j'ai tenté de le rattraper en me déguisant en musulmane, avec un voile et une robe noire. Lorsque j'ai ôté le voile, j'avais des yeux de biche, un maquillage de courtisane de harem et de longs cheveux noirs… Superbe, non ? Mais ça n'a pas marché. Cette grande brute m'a reconnu et il m'a… Enfin, le reste n'a pas d'importance.

— Pourquoi avez-vous fait appel à Dorothy Bridge ?

— J'avais demandé à ma maquilleuse habituelle une professionnelle discrète, et elle m'a orienté vers cette Dorothy Bridge. Comme discrétion, c'est parfait… Les femmes ne peuvent pas s'empêcher de bavarder.

— On va vérifier tout de suite, décida Dodson.

Billy Wilton donna le nom et le numéro de téléphone de sa maquilleuse attitrée, Dodson parvint à la joindre, et elle confirma la version du chanteur.

— Pour le moment, conclut le chef superintendant, vous êtes libre.

Le danseur s'éclipsa.

Le saumon fumé n'était pas dénaturé par des colorants, le gigot provenait d'un agneau élevé à la campagne et le vin n'était pas altéré par une kyrielle de pesticides, de fongicides et autres poisons destinés à enrichir l'industrie chimique, mais Angus Dodson n'avait pas le moral.

— Nous sommes dans le smog le plus épais, déplora-t-il.

— Oui et non, rétorqua Lord Percival qui avait choisi l'ambiance feutrée d'un salon particulier où il pouvait rencontrer Lady Ophelia en secret.

Formé à Brive, un cuisinier écossais leur mitonnait de succulents petits plats.

— Cinq meurtres, rappela Dodson, quatre femmes et un homme… De vagues suspects, mais une bonne preuve, et rien de concluant… Reste ce Stephen Palton. C'est vers lui que convergent quantité d'indices. Je suis persuadé qu'il ment… Mais il est coriace ! Et pourquoi a-t-il tué ses modèles et ce pauvre bougre de Dixter ? À moins qu'il n'ait été victime d'une crise de folie meurtrière ? Beaucoup d'artistes ont le cerveau dérangé.

— Palton me semble plutôt équilibré, objecta le châtelain. Avez-vous obtenu de nouveaux éléments sur Dixter ?

— Pas encore, mais je les aurai dans la journée. Mais je n'ai pas beaucoup d'espoir de découvrir quelque chose d'important, et les journaux vont se déchaîner contre Scotland Yard. N'oublions pas que l'assassin ne figure peut-être pas au nombre des suspects et qu'il pourrait frapper de nouveau, lundi ou plus tard… Vous imaginez la panique ?

— Ne soyez pas si pessimiste, mon cher Dodson. Nous n'avons pas encore perdu la partie.

L'espoir revint.

— Vous croyez tenir… le coupable ?

— Ce serait trop dire. Mais il y a une série de petits détails qu'il faudrait réussir à replacer dans une certaine logique. Nous sommes aux prises avec un assassin méthodique, doté d'un sang-froid presque absolu, qui n'a rien laissé au hasard.

— Et… ça nous mène où ?

— À éviter certains pièges et à interpréter correctement les faits sans nous laisser prendre par des mirages.

— Pourriez-vous être plus clair, Lord Percival ?

— Pas avant d'avoir entendu le révérend Balthazar Norfolk.

— Deux inspecteurs vous accompagneront.

— Inutile d'affoler le révérend.

— C'est très imprudent !

— Si Balthazar Norfolk m'assassine, vous tiendrez le coupable.

La Rolls de Lord Percival s'était garée près du cimetière auquel conduisait un petit chemin de terre bordé d'herbes folles. Le beau ciel bleu s'était brusquement assombri ; de gros nuages noirs, venant de l'ouest, annonçaient un orage.

L'endroit était paisible, mais plutôt inquiétant. Entre les tombes, dont certaines étaient abandonnées, des bosquets de houx et des haies de troènes dans lesquelles nichaient des troglodytes mignons rarement dérangés par de vieilles gens venant rendre hommage aux défunts.

Ici et là, seul le sommet des stèles funéraires était encore visible. Rongée par la pluie, le vent et le froid, la pierre s'effritait lentement ; les inscriptions s'effaçaient, faisant mourir une deuxième fois ceux qu'on avait oubliés.

Bien qu'il fût exact au rendez-vous, Lord Percival ne vit aucun révérend à l'horizon. L'assassin aurait-il imité la voix de Balthazar Norfolk au téléphone pour l'attirer dans un piège ? Après l'attentat à la motocyclette, une manipulation de ce style-là n'était pas exclue.

En errant dans le cimetière, le châtelain avait abouti à un cul-de-sac plutôt sinistre, fermé par une grande sculpture funéraire qui représentait un squelette armé d'une faux et frappant indifféremment vieux et jeunes, riches et pauvres.

Les nuages venaient de cacher le soleil.

— Ne faites plus un geste, ordonna une voix caverneuse.

44.

Seuls les grands sages, au terme de longues années de méditation, savaient contrôler parfaitement leur peur Lord Percival n'était qu'un châtelain écossais amoureux de Lady Ophelia et camarade de promenade de son chien Abercrombie, mais il ne s'en tira pas trop mal.

— C'est vous, révérend ?

— Oui, c'est bien moi.

— Pourquoi ne vous montrez-vous pas ?

— Je ne veux pas aller en prison ! À mon âge, j'ai mes habitudes et mon confort. Mon cœur n'y résisterait pas.

— Pourquoi redoutez-vous ce triste sort ?

— Parce que vous me soupçonnez, j'en suis certain ! J'ai lu les journaux, ce matin… Pauvre petite Dorothy, pauvres femmes !

— Vous ne plaignez pas Theobald Dixter ?

— Lui, c'était un homme… Mais on ne doit pas s'attaquer aux femmes ! C'est Jésus qui a été crucifié, pas Marie.

La théologie du révérend semblait peu orthodoxe, mais Lord Percival se garda de lui en faire la remarque.

— Si je vous comprends bien, révérend, vous désirez être lavé de tout soupçon.

— C'est ma respectabilité qui est en jeu ! Imaginez-vous le scandale, dans mon village ? Le Seigneur ne me le pardonnerait pas.

— Si nous reparlions de Dorothy Bridge ?

— Je lui portais une affection de grand-père, d'homme d'Église, de conseiller spirituel... Les gens sont si pervers qu'ils ont imaginé je ne sais quoi, et me voilà accusé d'avoir assassiné cette tendre enfant ! Je ne cesse de prier pour le repos de son âme et j'entends le Seigneur qui me dit : « Continue, Balthazar. » N'est-ce pas la preuve formelle de mon innocence ?

— L'argument n'est pas sans valeur.

— Vous me rassurez, mon fils.

— Malheureusement, il reste votre précieuse croix, celle que l'on a trouvée sur le cadavre de Theobald Dixter. Je ne vous cache pas que cet indice a beaucoup troublé le superintendant Dodson. Ne connaissez-vous pas l'assassin, révérend, et n'avez-vous pas tenté d'atténuer l'horreur de son geste en bénissant le cadavre de sa victime ?

— Je ne connais ni l'assassin ni ce Dixter ! protesta Balthazar Norfolk, des trémolos dans la voix. Je ne suis qu'un vieil homme, un pécheur qui tente de s'amender et qui implore chaque jour le pardon du Seigneur. Voilà l'unique vérité, Lord Percival ; tout le reste n'est qu'une machination de Satan pour me perdre. Croyez-moi, je vous en supplie !

Quand Angus Dodson vit réapparaître Lord Percival, il ne cacha pas son soulagement.

— Pas de coup fourré ?

— Non, superintendant. Le révérend voulait simplement clamer son innocence.

— Ce vieux pervers vous en a-t-il fourni la preuve ?

— Il a encore la confiance du Tout-Puissant.

— Et moi, j'ai le grand patron du Yard sur le dos... Mais l'affaire vient de prendre une nouvelle tournure, à mon avis décisive.

— Une information capitale à propos de Dixter ?

— Exactement, Lord Percival. Devinez laquelle...

— Probablement son implication directe dans la série de crimes.

— Nous venons d'apprendre le métier de Dixter. Je vous le donne en mille : écailler.

Un long silence succéda à cette déclaration.

— Nous tenons donc notre assassin, conclut l'Écossais.

— Si l'on partage votre point de vue, il faut aller plus loin. Dixter savait manier un couteau d'écailler avec dextérité, mais il ne fut que l'exécutant et non le cerveau. On lui a ordonné de commettre ces crimes et on l'a payé.

— Avec la bourse à souverains ?

— Pas seulement. La veille de sa mort, Dixter a déposé une jolie somme sur son maigre compte en banque. Et il n'y a plus aucun doute sur l'identité du commanditaire.

— La présence de la bourse suffira-t-elle à convaincre un jury ?

— Nous avons mieux, Lord Percival, beaucoup mieux... Les enquêtes de proximité sont fastidieuses, mais procurent d'excellents résultats. Vers 3 heures du matin, jeudi, un homme a fait du scandale dans une boîte de nuit. Il s'est énervé, a cassé des verres et renversé une table. Les videurs l'ont expulsé. Comme il avait payé ses consommations avec une carte de crédit, le gérant de l'établissement a porté plainte. Ce noceur agressif, c'est le peintre Stephen Palton. Et la boîte de nuit se trouve à moins de cinq minutes, en motocyclette, du domicile de Dixter.

— On l'a vu partir en motocyclette ?

— Par chance, oui ! D'après le témoignage des videurs, il ne roulait pas très droit. Il s'est soûlé pour avoir le courage de supprimer l'assassin dont il avait armé le bras et qui, tôt ou tard, l'aurait dénoncé.

— En fonction des heures des crimes, Dixter n'aurait tué qu'une des victimes.

— Ce genre de précision n'est jamais très fiable... De toute façon, les assassins sont Dixter et Palton. Nous allons arrêter le peintre et recueillir ses aveux.

— Encore vous, messieurs ! s'exclama Stephen Palton. Les médias sont remplis de votre tueur en série... Quelle publicité pour Scotland Yard ! Je vous aurais volontiers consacré quelques instants, mais je dois boucler mes valises. Dans une heure, je pars pour Rome.

— Un petit sac vous suffira, Palton. Vous y mettrez juste le nécessaire pour votre toilette. Je vous arrête pour meurtre.

Le peintre recula de deux pas.

— Superintendant, vous plaisantez...

— En ai-je l'air ?

Le visage de Palton se creusa, comme s'il venait de vieillir de plusieurs années en quelques secondes.

— Avouez, Palton. Il en sera tenu compte.

— Avouer quoi ? Je n'ai tué personne !

— Vous avez commandité un ou plusieurs crimes et supprimé l'exécuteur. Nous savons tout, il est inutile de nier.

Le peintre se laissa tomber dans un fauteuil. Son regard erra sur ses objets familiers comme s'il voulait garder un souvenir indélébile d'un monde luxueux et raffiné qu'il ne reverrait plus.

— Vous vous trompez, superintendant... Cette accusation est absurde.

— Où vous trouviez-vous, jeudi, vers 3 heures du matin ?

— Ici, je dormais.

— Cessez de mentir, Palton ! J'ai la déposition de plusieurs témoins et la preuve que vous ne dormiez pas.

Le peintre leva le bras et le rabattit mollement, dans un geste de lassitude.

— Je suis peut-être rentré à 4 heures, ou à 5, je ne sais plus... Je n'ai pas regardé ma montre en permanence !

— Où vous trouviez-vous ? insista le superintendant.

— Avec des amis, je crois...

— Non, Palton, dans une boîte de nuit.

— Ah oui, c'est bien possible... Maintenant que vous me le dites. Je ne me souviens même plus de son nom. Elles se ressemblent toutes.

— Vous avez eu un comportement étrange, précisa Lord Percival.

— Moi, étrange ?

— N'avez-vous pas fait du grabuge ?

— Possible... J'ai dû casser un ou deux verres et hausser un peu le ton, mais rien de bien grave.

— Les videurs vous ont pourtant expulsé. Vous en souvenez-vous ?

— Vaguement.

— Qu'avez-vous fait, ensuite ?

— Je ne m'en souviens plus, j'avais trop bu... Ah si, je suis rentré chez moi et j'ai dormi.

— Je vais vous rafraîchir la mémoire, intervint Dodson. Vous avez enfourché votre motocyclette pour aller assassiner Dixter.

45.

Stephen Palton blêmit.

— Vous racontez n'importe quoi, superintendant !

— Surveillez votre langage, Palton ! Et trouvez une bonne explication pour justifier votre présence dans cette boîte de nuit et nous l'avoir cachée !

D'une main tremblante, le peintre alluma un Montecristo A.

— Vous allez rire, messieurs... Une situation complètement ridicule dont personne n'aurait eu envie de se vanter.

— Dites toujours, recommanda Lord Percival.

— Depuis mon divorce, j'ai eu quelques brèves aventures sans lendemain, jusqu'à ma liaison un peu plus durable avec Patricia Langford. Quand elle m'a parlé de mariage, j'ai fait marche arrière... Je n'avais pas envie d'y replonger. La semaine dernière, une admiratrice m'a appelé pour me parler de mon œuvre et de tableaux qu'elle avait aimés lors d'expositions à Londres... Elle m'a fixé rendez-vous mercredi soir dans une boîte branchée. J'ai été flatté, je l'avoue, et j'y suis allé. Je l'ai attendue une bonne partie de la nuit... mais elle n'est pas venue ! Sans m'en rendre compte, j'ai dû vider une bonne dizaine de doubles whiskies. Me poser un lapin, à moi ! J'étais vexé, humilié et furieux. Voilà pourquoi je ne vous ai pas dit tout de suite la vérité. Elle n'est pas vraiment à ma gloire.

— Le nom de cette femme ? demanda Dodson.

— Anabella.

— Rien de plus précis ?

— Non.

Angus Dodson tonna.

— C'est ça, votre explication ?

— C'est la vérité, superintendant.

— Vous vous moquez de nous, Palton ! Cette histoire ne tient pas debout. Vous venez d'inventer cette Anabella qui, bien entendu, n'a jamais existé.

— Je vous jure que non !

— Êtes-vous bien sûr qu'il s'agissait d'une femme ? demanda Lord Percival.

La question du châtelain surprit le peintre.

— Oui, je crois… je ne me le suis pas demandé…

— La couleur de la voix ?

— Bizarre, c'est vrai… Neutre, sans timbre… Enfin, je ne sais plus très bien. Comment voulez-vous que je m'y retrouve, avec vos questions et vos accusations ! Si, je sais une seule chose : cette fille m'a mené en bateau.

— Vous devriez cesser d'inventer n'importe quoi, recommanda Dodson, et de mentir à tout propos. Cette stratégie ne vous mènera nulle part.

— Je ne peux rien dire d'autre que la vérité !

— Vous ne manquez pas de culot, Palton ! Je vais vous la dire, moi, la vérité. Vous avez prémédité cinq crimes, comme le prouve la présence de déchets de Montecristo A chez deux de vos futures victimes ; ne vous étiez-vous pas rendu chez elles pour y préparer vos crimes ? Patricia Langford était votre maîtresse, Sandra Lockton également, bien que vous refusiez encore de reconnaître cette dernière liaison. Comme les quatre femmes étaient vos modèles, vous n'avez eu aucune peine à pénétrer chez elles. À Arielle Drugan, vous avez offert un encadrement de Dick Aldwych ; à Dorothy Bridge, une aquarelle du révérend Norfolk que vous avez revu récemment en omettant de nous le signaler. Dixter était écailler, il a égorgé une ou plusieurs victimes et vous a appris à vous servir de cette arme. En échange de ses sinistres services, vous lui avez remis une somme d'argent et une boîte en or de grande valeur. Puis vous avez pensé qu'il pourrait vous trahir et vous avez décidé de le supprimer. Vous avez déplacé le cadavre pour tenter de nous égarer sur l'heure du crime et vous avez maquillé ce dernier en meurtre rituel en déposant sur le cadavre une croix appartenant au révérend Balthazar Norfolk. Il ne me reste qu'un doute : combien de meurtres avez-vous commis vous-même ?

Le peintre resta muet une longue minute, comme un boxeur groggy.

— Vous ne croyez pas un mot de ce que vous venez de dire, superintendant, c'est un cauchemar…

— Je ne prétends pas avoir mis en place tous les détails, mais vous allez nous donner les ultimes précisions, Palton.

— Comment le pourrais-je ? Vous avez tout inventé !

— Pourquoi les assassinats de vos quatre modèles ?

Stephen Palton semblait brisé.

— Seul un fou furieux aurait pu concevoir un projet aussi monstrueux…

— Vous avez probablement connu un sérieux problème dans votre métier. Il serait temps de nous en parler.

— Moi, un problème ? Je n'ai jamais eu autant de succès !

— Êtes-vous incapable de peindre ?

— Je n'ai jamais eu autant d'idées !

— Quel tort vous ont causé vos modèles ?

— Mais… Aucun ! Elles ont été parfaites, je n'ai aucun reproche à leur adresser.

— Ce n'est pas crédible, Palton. Pourquoi vous obstiner à nier l'évidence ?

— C'est vous qui la niez ! Je vous affirme que je n'ai tué personne.

— En ce cas, pourquoi avoir tellement menti ?

— Je ne l'ai pas fait exprès… Je n'ai pas songé à vous mentir, ce fut… comment dire… spontané.

— Je vous arrête, Palton. Mes inspecteurs vont se relayer pour vous interroger sur chaque détail, sur chacun de vos mensonges, sur chacune de vos dissimulations. Vous avez beau être très fort, vous finirez par craquer. Et vous regretterez d'avoir tenté d'assassiner Lord Percival en fonçant sur lui avec votre motocyclette.

— Moi ? Mais…

— Suivez-nous, Palton.

Les interrogatoires serrés venaient de commencer.

Dodson avait fait servir deux *stout ale* ; il but la sienne d'un trait, tant il avait la gorge sèche. Lord Percival passait lentement l'index sur le rebord de son verre.

— Vous êtes resté bien silencieux quand j'ai poussé Stephen Palton dans ses derniers retranchements. Doutez-vous encore de sa culpabilité ?

— Il ne résistera sans doute pas à la pression de vos hommes et s'embrouillera encore davantage dans ses déclarations, mais il n'est pas l'assassin.

Le chef superintendant fronça les sourcils.

— D'après vous, qui est-ce ?

— J'ai une hypothèse qui se fonde sur d'infimes indices et, surtout, sur un mécanisme criminel qui me semble cadrer avec cette série de meurtres, mais je ne possède aucune preuve. Si je ne me trompe pas, Palton est innocent, et nous allons tout droit vers l'erreur judiciaire.

Angus Dodson fut troublé. Le criminologue écossais n'avait pas pour habitude de parler à la légère.

— Pourtant, les mensonges répétés de Stephen Palton…

— Pour moi, c'est un naïf. Il est le prototype de l'individu qui tombe au cœur d'une machination sans jamais s'en douter. De mon point de vue, tout a été calculé avec une extrême rigueur pour que nous soyons contraints à le désigner comme l'assassin en omettant les détails qui conduiraient au véritable coupable. Si Palton est jugé, il n'aura aucune chance de s'en sortir.

— N'est-il pas au moins… complice ?

— Non, mon cher Dodson, il est la sixième et dernière victime de l'assassin. Stephen Palton sera condamné à une lourde peine de prison, et sa carrière sera terminée : médias et critiques se réjouiront de sa déchéance.

— Si vous voyez juste, il n'y aura plus d'assassinats, ni lundi, ni les jours suivants… Un nouveau point négatif pour Palton. À partir du moment où il aura été arrêté, plus de crimes.

— La cerise sur le gâteau, en effet.

— On ne va pas rester les bras croisés ! Que proposez-vous, Lord Percival ?

— Utilisons les armes de l'adversaire.

46.

Lord Percival était seul dans un bureau luxueux de Regent Street. Une pendule ancienne marquait 23 h 40.

Sur le bureau Regency, toute la presse. Il n'y avait eu que de médiocres massacres dans le monde, les membres de la famille royale s'étaient tenus tranquilles et aucun catalogue digne d'intérêt n'avait retenu l'attention des journalistes. Aussi l'affaire Palton était-elle largement abordée, avec un point d'orgue, mis en relief par l'ensemble des journaux : Scotland Yard procédait à un interrogatoire prolongé du peintre, en raison des graves soupçons qui pesaient sur lui.

Mais Lord Percival Kilvanock avait donné une longue interview pour déclarer avec force qu'il ne croyait pas à la culpabilité de Palton. Il avait loué des locaux dans Regent Street afin d'y rassembler, dès le lendemain, une équipe d'entraîneurs privés, de reprendre l'affaire de zéro et de découvrir le véritable coupable. Annulant sa participation à une fête de charité, le criminologue écossais passerait sa soirée à préparer un dossier rempli d'indices concordants que le Yard n'avait pas retenus.

Les nouvelles de Lonecastle étaient excellentes,

bien qu'Abercrombie commençât à s'ennuyer. Il ne supportait pas une trop longue absence de Lord Percival. Quant à Dorothea Pettigrew, la secrétaire particulière du châtelain, elle venait de réaliser d'excellents placements, alors que de magnifiques oies cendrées passaient quelques jours de repos sur le plan d'eau du château.

Lord Percival avait réussi à joindre Lady Ophelia en utilisant un nom de code, mais il s'était montré elliptique à propos des dangers qu'il courait en tendant un piège à l'assassin. Comme ce dernier était aussi habile que méfiant, il avait fallu alléger au maximum le dispositif policier, et le châtelain éprouvait l'angoisse du mouton pressentant l'arrivée du loup.

En supposant qu'il ne se fût pas trompé, Lord Percival aurait-il le temps de profiter de sa découverte ? Après avoir étudié et réétudié les éléments dont il disposait, l'Écossais ne doutait plus de sa conclusion.

Donc, l'assassin n'allait plus tarder.

Il lui fallait se débarrasser du criminologue et détruire son dossier en frappant comme un fantôme.

L'immeuble était silencieux, il n'y avait que des bureaux vides. Attentif au moindre bruit, Lord Percival ne s'interrogeait pas sur la manière dont l'assassin s'y prendrait pour pénétrer dans l'immeuble ; il avait montré suffisamment d'habileté jusqu'à présent pour franchir aisément ce petit obstacle.

Et la porte du bureau s'ouvrit lentement.

Apparut un motard d'assez forte corpulence, le visage masqué par un casque intégral et les mains gantées.

— Je vous attendais... Pardonnez-moi, je n'ai malheureusement rien à vous offrir pour célébrer cette rencontre.

— Vous pensiez m'attirer dans un piège, dit une voix déformée par un vibrato. Vous vous êtes trompé, Lord Percival. Personne ne m'a vu entrer, personne ne me verra sortir. S'il y a des policiers en planque, ils en seront pour leurs frais. Le superintendant Dodson croit dur comme fer à la culpabilité de Palton, il ne lâchera pas prise… Pourquoi ne l'avez-vous pas écouté ?

— Votre présence ici me donne raison, semble-t-il.

— Vous allez mourir, Lord Percival, et vous ne saurez jamais qui je suis.

— Mais je sais qui vous êtes : Mirella Wimpole.

Le motard ôta lentement son casque intégral équipé d'un vibrato à la hauteur de la bouche pour déformer la voix. Les superbes cheveux blonds de l'ex-épouse du peintre furent libérés, ses yeux brun-vert fixèrent l'Écossais avec une froideur teintée d'étonnement.

Dans la main droite, Mirella Wimpole tenait un revolver.

— Ne faites pas un geste, ordonna-t-elle, ou je vous abats tout de suite. Ne comptez surtout pas sur mon émotivité : il est beaucoup plus facile d'utiliser une arme à feu qu'un couteau d'écailler. Vous tuer ne me pose aucun problème.

— Votre combinaison est rembourrée, je suppose, pour vous donner une allure d'homme ?

— Bien entendu. S'il y avait eu un témoin oculaire et attentif, il aurait décrit un motard plutôt corpulent et athlétique. Quand vous serez mort, je détruirai ce matériel et je ressortirai de cet immeuble avec une perruque de cheveux châtains et une autre apparence. Comme vous n'aurez pas été égorgé, on se lancera sur une fausse piste et mon cher mari demeurera coupable de cinq meurtres.

— C'est une folie, madame. J'ai fait part de mes

convictions au superintendant Dodson, et il vous arrêtera.

— Vous bluffez, Lord Percival. Vous êtes en froid avec lui, et pas un policier ne surveillait mon domicile. Je suis persuadée que vous jouez cette partie de manière solitaire et chevaleresque. Mais vous m'avez sous-estimée.

— Au contraire, j'ai constaté que je ne parviendrais pas à vous faire avouer vos crimes en utilisant les méthodes habituelles. Seule une confrontation de ce type pouvait vous amener à vous démasquer.

— Vous emporterez mon secret dans la tombe ! Mais comment m'avez-vous identifiée ?

— Ce fut une tâche difficile ! Dans Green Park, vous avez tenté de me supprimer ou, simplement, de m'intimider. L'essentiel était que l'on voie un motard. Ce dernier ne pouvait être que Stephen Palton, amateur de moto, et portant une combinaison comme la vôtre.

— C'est celle de Stephen ! Il n'a de mémoire que pour les objets d'art. Il a complètement oublié que j'ai gardé quantité de souvenirs de notre vie commune, dont cette combinaison. Je comptais sur Billy Wilton, son ennemi juré et pipelette de premier ordre, pour vous informer de la passion de Stephen pour les deux-roues.

— Vous ne vous êtes pas trompée.

— Je ne me trompe jamais.

— Sauf quand vous avez épousé Stephen Palton…

L'index se crispa sur la détente.

— Ce n'était pas une erreur, Lord Percival. J'avais bien senti que Stephen avait du talent et de l'avenir. Seul, il n'aurait pas réussi.

— Le révérend Balthazar Norfolk estime que vous avez un caractère difficile mais que vous êtes une femme remarquable ; Dick Aldwych a ajouté que vous êtes intelligente et volontaire. « Volontaire »... Ce jugement m'a intrigué. Je vous ai trouvée plutôt passive et résignée, alors que votre mari, qui prétendait que vous l'admiriez, n'a pas hésité à vous critiquer de manière sévère. Étant donné votre tempérament, vous auriez dû vous montrer plus agressive.

Mirella Wimpole sourit.

— Vous êtes très observateur.

— Métier oblige, madame. On pouvait estimer que vous aviez obtenu ce que vous souhaitiez : de l'argent et la sécurité matérielle. Mais cette douce médiocrité ne vous correspondait pas. Les uns et les autres ont évoqué un divorce tumultueux, douloureux, voire regrettable... Et vous sembliez si détachée, si lointaine, par rapport à un événement d'une telle ampleur.

— Des impressions si subjectives qu'elles ne vous menaient nulle part...

— Rassurez-vous, je m'en suis méfié. Billy Wilton a insisté sur un point incontestable : vous étiez la meilleure alliée de votre mari. En vous perdant, il perdait un soutien précieux.

— Qu'en avez-vous conclu ?

— Qu'il connaissait de sérieuses difficultés sentimentales et professionnelles.

— Bravo, Lord Percival ! Sans moi, Stephen n'est rien.

— J'ai supposé que c'était votre intime conviction, mais vous vous êtes bien gardée de la formuler. Pourquoi, sinon parce que vous aviez quelque chose à cacher ?

— Et c'est à cause de mon mutisme que vous m'avez soupçonnée ?

— Pas seulement, madame, et il a fallu que de nombreux éléments s'emboîtent les uns dans les autres pour que ces intuitions un peu vagues s'étayent peu à peu.

— Par exemple ?

— Par exemple, vos liens avec plusieurs protagonistes majeurs de cette affaire. Vous connaissiez Dick Aldwych, l'encadreur préféré de votre ex-mari, le révérend Balthazar Norfolk, le danseur Billy Wilton, sans oublier la première victime, Patricia Langford.

— N'y avait-il pas d'autres suspects auxquels je n'étais reliée d'aucune façon ?

— Si, et vous y aviez pensé. Fatalement, nous découvririons des indices qui n'en étaient pas et qui nous mèneraient à des personnes impliquées dans cette série de meurtres par un simple concours de circonstances. Je pense à l'étiquette de fond de chapeau à propos de laquelle le capillabélophile Thomas Edward nous a dit la vérité et plus encore à Alison Keat, une spécialiste en communication qui fut en relation d'affaires avec trois des victimes et un suspect. Je l'ai fortement soupçonnée, je l'avoue, en raison de sa froideur et de son dédain d'autrui. Mais trop de détails me menaient vers vous.

— Lesquels ?

— Ne devriez-vous pas poser ce revolver et admettre que vous avez perdu ?

— Parlez, Lord Percival, ou je vous abats sur-le-champ.

47.

Lord Percival se cala dans son fauteuil de bureau, comme un P.D.G. expliquant sa stratégie à un cadre supérieur.

— Commençons par Billy Wilton, l'ennemi juré de votre ex-mari. Vous êtes allée voir son spectacle et vous avez déposé chez Arielle Drugan un billet sur lequel vous avez dessiné un cœur transpercé d'une flèche vers le bas pour faire croire à une rupture. Vous n'ignoriez pas que Wilton n'éprouve aucun goût pour les femmes, mais vous vouliez précisément semer le trouble en accréditant cette liaison contre nature, si j'ose dire. Par chance pour vous, Wilton s'est fait maquiller en femme par Dorothy Bridge, et il apparaissait comme un personnage particulièrement instable. Mais vous saviez parfaitement que cette piste ne mènerait qu'à un seul résultat, d'ailleurs formulé par vous-même : le danseur était capable de tout pour nuire à votre ex-mari. Votre intention consistait à nous donner en pâture quelques coupables potentiels que nous éliminerions les uns après les autres pour parvenir à l'assassin : Stephen Palton.

— Excellent, Lord Percival.

— Même technique en ce qui concerne Dick Aldwych avec, pour vous, la possibilité de jouer sur ses deux métiers : celui d'encadreur et celui de sauveur de cygnes. En tant qu'assassin, n'avait-il pas laissé sa marque chez Arielle Drugan, Patricia Langford et, plus curieusement encore, chez Theobald Dixter ? Comme, d'après vous, Dick Aldwych admirait votre mari, ce qu'il a d'ailleurs confirmé, il ne lui voulait aucun mal ; mais quels étaient les sentiments de Stephen Palton envers l'encadreur qui l'avait brutalement éliminé ? Du ressentiment, bien sûr ! Alors, une théorie intéressante prenait forme : Palton, l'assassin, avait disséminé de faux indices pour faire accuser des personnes qu'il détestait et se venger d'elles. Billy Wilton, bien sûr, mais aussi Dick Aldwych et le révérend Balthazar Norfolk, mis en cause par une aquarelle et sa précieuse croix que vous n'avez eu aucune peine à lui dérober pendant qu'il faisait la sieste et que sa gouvernante s'occupait des rosiers. Sa tendresse pour les jeunes filles le mettait dans une position délicate, mais son âge et son manque de sang-froid n'en faisaient pas un coupable crédible. Restait donc un manipulateur : Stephen Palton.

— C'est parfait, estima Mirella Wimpole. Pourquoi s'intéresser à moi ?

— Le mobile, chère madame. Dodson et moi avons cherché la raison qui aurait poussé votre ex-mari à commettre ces meurtres. Nous n'en avons trouvé aucune.

— La folie d'un artiste traumatisé par le divorce et la critique…

— C'est ce qu'aurait plaidé l'accusation, en effet, et un avocat incisif aurait sans doute emporté l'adhésion du jury. Mais nous avons interrogé votre ex-mari, et cette hypothèse ne tenait pas. Pourtant, votre stratégie fut d'une finesse tout à fait remarquable. Vous saviez que Palton serait dans une situation intenable et qu'il ne pourrait pas révéler que les quatre femmes égorgées avaient été ses modèles, sous peine de se désigner lui-même comme le principal suspect ; en se taisant sur ce point capital, le résultat était encore pire. Et vous y avez ajouté une note délicate en ne nous disant pas immédiatement la vérité pour faire semblant de protéger votre ex-mari. Comment ne pas vous croire quand vous avez avoué que vous saviez pour trois d'entre elles, mais pas pour la quatrième, la plus jeune, devenue modèle après votre divorce ? Et quel touchant hymne à l'amitié perdue avec Patricia Langford ! C'est vous, bien sûr, qui avez soigneusement dissimulé chez elle la photographie prouvant cette amitié ancienne qu'elle avait pieusement conservée. Sa liaison avec votre ex-mari ? Rien de plus clair, de plus honnête, aucune dissimulation... Vous avez même poussé la manipulation jusqu'à nous dire la vérité : vous étiez encore jalouse comme une tigresse et vous n'auriez pas compris le remariage de Stephen, tout en affirmant avec force qu'il aimait trop les femmes pour porter la main sur elles. Bref, une bonne ex-épouse, encore amoureuse, subissant son sort avec dignité et innocentant celui dont elle avait partagé la vie. Un tableau magnifiquement brossé, mais qui comportait une erreur. Une erreur responsable de l'assassinat de cinq personnes.

Pour la première fois, le regard de Mirella Wimpole vacilla.

— Vous essayez de me troubler... Je n'ai pas commis la moindre erreur !

— Mais si, et elle vous a conduite à devenir une meurtrière. Vous étiez persuadée que votre ex-mari allait épouser Patricia Langford, son ancien modèle, et vous n'avez pas supporté cet affront que vous considériez aussi comme une véritable infidélité. Votre jalousie morbide, nourrie par une susceptibilité maladive, vous a inspiré la seule décision qui vous paraissait acceptable : supprimer Patricia Langford et les trois autres modèles qui lui avaient succédé, de peur que Stephen ne se console dans les bras de femmes de plus en plus jeunes, et ne décide d'épouser l'une d'entre elles. Mais ce massacre ne vous suffisait pas : il fallait encore faire payer votre mari pour avoir osé vous mépriser de la sorte, il fallait le faire accuser de cinq crimes et briser sa carrière, une carrière qu'il avait eu le tort d'envisager sans vous.

— Belle reconstitution, Lord Percival... Mais je ne vois toujours pas mon erreur !

— Stephen Palton n'avait aucune intention de se marier, ni avec Patricia Langford, ni avec une autre femme.

— Vous mentez !

— Vous n'avez pas compris que, malgré sa beauté, Patricia Langford n'était plus un modèle mais avait choisi la politique, ce qui effrayait Stephen Palton. Il avait même décidé de mettre fin à cette liaison avec une femme trop ambitieuse à son goût. Quant à ses trois autres modèles, il ne les fréquentait plus.

— C'est faux, complètement faux ! Stephen croyait avoir réussi à me chasser de sa vie, et c'est lui qui s'est lourdement trompé ! On ne quitte pas une femme comme moi, Stephen aurait dû le comprendre. Avec moi, il serait devenu un génie ; sans moi, il croupira en prison où il aura le temps de méditer sur sa stupidité.

— Vous vous trompez encore, madame. Votre ex-mari sera libéré, et c'est vous qui finirez vos jours en prison.

Le regard de Mirella Wimpole devint ironique.

— J'ai réussi, vous avez échoué... Et quelle preuve auriez-vous pu trouver contre moi ?

— Ce n'était pas facile, je l'avoue, mais le perfectionnisme conduit parfois les assassins à se fourvoyer. Les débris de Montecristo A découverts chez Patricia Langford pouvaient facilement s'expliquer, puisqu'elle était sa maîtresse. Ceux trouvés chez Sandra Lockton tendaient à prouver que Stephen Palton l'avait fréquentée, et c'est précisément ce point-là qui m'a intrigué. Ou bien c'était la réalité, et votre ex-mari pouvait être suspecté de crime prémédité ; ou bien, comme je le supposais, Palton n'était jamais allé chez Sandra Lockton et quelqu'un d'autre, connaissant parfaitement ses goûts, avait placé là cet indice pour le faire accuser. Quelqu'un de suffisamment astucieux pour ne pas déposer de déchets de tabac chez les trois autres victimes et nous faire croire soit que Stephen Palton avait pris soin de ne pas fumer, soit qu'il avait eu un complice.

— Vous remontez dans mon estime, Lord Percival.

— Un détail m'a intrigué : l'absence d'empreintes. De toute évidence, on les avait effacées ; de mon point de vue, c'était avec une intention très précise que j'ai comprise en m'apercevant que Stephen Palton utilisait un humidificateur. Or, c'est seulement avec des humidificateurs que l'on parvient à dissoudre les empreintes dans une pièce. De quoi conclure au machiavélisme de votre ex-mari qui avait pris soin d'effacer toute trace derrière lui.

— Je n'en attendais pas moins de vous.

— Avec la bourse à souverains et le meurtre de Theobald Dixter, vous avez cru abattre une carte maîtresse. Quand je vous ai montré cette boîte en or, vous avez joué la comédie et fait semblant de ne pas reconnaître cet objet, tout en manifestant une émotion qui prouvait le contraire. Nous devions être persuadés que vous cherchiez à protéger votre ex-mari. Ensuite, vous êtes revenue sur vos dénégations pour admettre, avec une feinte angoisse, que la bourse à souverains appartenait bien à votre ex-mari et que vous aviez menti pour ne pas l'accabler.

— Bien joué, non ?

— La boîte en or, nous l'avons découverte chez Theobald Dixter, l'écailler. Ajoutée à une somme en liquide, elle formait le paiement versé par Stephen Palton à l'assassin de Patricia Langford. En toute logique, il aurait dû être le meurtrier des quatre femmes, comme voulait nous le faire croire une mise en scène qui a consisté à déplacer le cadavre de la cuisine dans le jardin. Naturellement, vous saviez que nos experts détermineraient l'heure véritable de la mort et qu'il apparaîtrait que Theobald Dixter avait été tué avant les trois modèles de Stephen Paxton, assassinés jeudi dernier.

— Conclusion ?

— Dixter était l'assassin de Patricia Langford, votre ex-mari s'était débarrassé de lui après l'avoir payé, et il avait tué lui-même Arielle Drugan, Sandra Lockton et Dorothy Bridge. Et vous lui avez tendu un dernier piège auquel il ne pouvait pas échapper.

— Heureuse de vous l'entendre dire, Lord Percival.

— À l'heure où Theobald Dixter a été égorgé, Stephen Palton n'avait aucun alibi. Pis encore, il se trouvait dans une boîte de nuit proche du domicile de la victime où, d'après lui, une admiratrice lui aurait fixé rendez-vous. Cette admiratrice, c'était vous. Et vous avez envoyé votre ex-mari dans cette boîte de nuit pour que des témoins remarquent sa présence peu avant l'heure du crime et son départ en motocyclette.

Palton s'est tellement embrouillé dans ses déclarations qu'il serait forcément reconnu menteur et coupable.

— Fin de la démonstration, Lord Percival ! Vous n'avez rien à ajouter ?

— Jetez un œil sur ce dossier… Celui qui se trouve sur mon bureau, à gauche de la lampe.

Mirella Wimpole s'approcha.

— Un résumé de vos analyses ?

— Beaucoup mieux. Regardez avec attention.

Le bras de la femme blonde ne tremblait pas. Au premier geste suspect de l'Écossais, elle tirerait.

— Je ne vois que des colonnes de chiffres et des tableaux…

— C'est un rapport d'expert qui prouve votre culpabilité.

— Du bluff !

— Non, c'est très sérieux. Il s'agit d'une analyse poussée qui ruine votre machination et fait éclater la vérité.

— Expliquez-vous !

— Vous pensiez n'avoir laissé aucune chance à votre ex-mari, mais une bonne étoile le protège, et c'est lui-même qui s'est sauvé sans s'en douter.

— Vous réussissez presque à m'intriguer, Lord Percival. Quel exploit a commis ce cher Stephen ?

— Dans un moment de lucidité, il a estimé que vous étiez devenue folle, et il a tenté de trouver la raison pour laquelle vous aviez sombré dans la démence. Pour lui, une seule explication : la drogue.

— Voilà pourquoi vous avez procédé à une vérification à mon domicile.

— Nous avons constaté que la poudre blanche en votre possession n'était pas de la drogue, comme le croyait Stephen Palton, mais du talc très pur dont j'ai prélevé quelques fragments. Pourquoi ? Parce qu'un détail m'avait troublé, lors de l'enquête. Chez Arielle Drugan et Sandra Lockton, le parquet, quoique ancien, ne grinçait pas. Les voisins du dessous nous ont fait part de leur étonnement à ce sujet. Or, il existe un moyen sûr et simple de faire taire les parquets trop bavards : saupoudrer du talc entre les lames et le faire bien pénétrer. C'est la méthode que vous avez utilisée en vous introduisant dans le logement de vos futures victimes afin que les parquets ne grincent pas au moment des crimes. C'est ce perfectionnisme qui vous a perdue, madame. L'analyse des traces de talc découvertes dans les parquets des victimes prouve que cette substance provenait de chez vous. Ce fait établi, tout s'éclaire.

Mirella Wimpole prit les feuillets de la main gauche, avec l'intention de les déchirer. Un bref instant, l'arme se détourna de Lord Percival qui en profita pour appuyer sur un bouton qui provoqua l'extinction de toutes les lumières du bureau.

Au moment où la femme blonde tira, l'Écossais plongea sur la moquette et se déplaça rapidement pour s'abriter derrière un meuble métallique.

Folle de rage, Mirella Wimpole vida son chargeur.

— Vous n'êtes pas blessé, Lord Percival ?

— Tout va bien, mon cher Dodson.

— Vous avez pris des risques considérables... Elle aurait pu vous tuer !

— Elle a bien essayé, mais j'ai eu de la chance. Mon plan s'est déroulé de manière correcte. L'avez-vous arrêtée sans trop de problèmes ?

— Mirella Wimpole a renversé un inspecteur, en a assommé un autre, et il n'a pas fallu moins de trois hommes pour la ceinturer.

— Tout ce qu'elle a dit a été enregistré, comme prévu.

— L'enregistrement ne sera pas utile, Lord Percival. Elle a fait des aveux circonstanciés, à la manière d'un torrent qui ne peut s'empêcher de couler. Il n'y a qu'un détail qui me chiffonne… Elle a parlé d'un rapport d'expertise à propos de talc et de parquet. Pourquoi avoir inventé ça ?

— C'est sans importance, estima l'Écossais qui avait fait disparaître les fax expédiés par sa secrétaire particulière et relatifs à ses actions en bourse. Je dois regagner Lonecastle au plus vite pour remonter le moral d'Abercrombie. Il commence à manquer d'appétit.

La composition de cet ouvrage
*a été réalisée par l'***Imprimerie Bussière**
l'impression a été effectuée
sur presse Cameron dans les ateliers
de ***Bussière Camedan Imprimeries***
à Saint-Amand-Montrond (Cher)

Édition exclusivement réservée
aux adhérents du Club
Le Grand Livre du Mois
15, rue des Sablons
75116 Paris
réalisée avec l'aimable autorisation des éditions Laffont

Dépôt légal : juin 1999.
N° d'impression : 993920/4.

Imprimé en France